398.2

randfather stories of the
Navahos

W9-DAZ-079

FRIENDS
OF ACPL

# GRANDFATHER STORIES of the Navahos

Written by
Sydney M. Callaway
Gary Witherspoon
and Others

Illustrated by
Hoke Denetsosie
and
Clifford Beck, Jr.

Edited by
Broderick H. Johnson

**Rough Rock Press
(Formerly Navajo Curriculum Center)**

Allen County Public Library
Ft. Wayne, Indiana

REVISED EDITION
© 1974 Schoolboard, Inc.
Rough Rock, Arizona
All rights reserved.

International Standard Book Number: 0-89019-006-2
Library of Congress Catalog Card Number: 68-57898

**Printed in the United States of America**

# FOREWORD

*Grandfather Stories* IS A BOOK PREPARED PRIMARILY for Navaho boys and girls. However, we firmly believe that it can contribute significantly toward a broader understanding among all people and can be used successfully with non-Navaho students. It is one of a series which attempts to present materials depicting Navaho life and culture.

It is our belief that Navaho youth should have the opportunity to learn about themselves and their culture, as do other American children in other schools.

The Rough Rock Demonstration School, among its many areas of endeavor, is dedicated to the preparation of books and other classroom materials which can be used in schools throughout the Navaho Reservation. By so doing we believe that we can help Navaho children achieve a positive self-image. No person can foretell the future, but everyone knows that tomorrow will be different from today. It is our conviction that we must give to our youth today the tools with which to make intelligent choices. In this way, and in this way only, can Navaho students take their places and be contributing citizens in the world of tomorrow.

We are proud to offer this book as a contribution toward a better future for Navaho youth and toward increased understanding among all people.

BOARD OF EDUCATION
ROUGH ROCK DEMONSTRATION SCHOOL

*Teddy McCurtain,* President
*Yazzie Begay,* Vice President
*John Dick,* Member
*Ashie Tsosie,* Member
*Benjamin Woody,* Member
*Whitehair's Son,* Member
*Thomas James,* Member

The Rough Rock Demonstration School strives to fit its students for life in the modern world while, at the same time, keeping the best of Navaho tradition and culture.

# CONTENTS

## Part I  English Translation

## Part II  Navajo Transcription . . . . . . . . . . . . . . . 81

# PREFACE

**T**HIS VOLUME IS ONE OF A SERIES being developed by the Navaho Curriculum Center of the Rough Rock Demonstration School, Rough Rock, Arizona. The community at Rough Rock, through the Board of Education, requested a book which would present some of the traditional stories of the Navaho people; and the board, responding to the request, authorized this collection which the Center has titled *Grandfather Stories of the Navahos.*

The members believe that it will add to the understanding and educational development of the children enrolled at Rough Rock, and, furthermore, that it will be very useful in other schools located both on and off the reservation.

One of the principles underlying positive education is the necessity for each individual child to feel a sense of worth, not only in himself and in his family, but in his community and nation. While schools located on Indian reservations usually have units in the lower primary grades dealing with the family and community, I am unaware of any actual published materials which bring together basic history, biographies and other important information dealing with a particular locale and its people.

The purpose of the publications developed by the Navaho Curriculum Center at the Rough Rock Demonstration School is to provide Navaho youths with the same opportunities in education that are provided other American citizens. It is a well known fact that schools and libraries throughout this nation are full of books dealing with the "average American" child. Usually these books illustrate blond-haired, blue-eyed children running to meet their father when he comes from work. Perhaps these books are effective in promoting the self-image and positive sense of identification for the middle-class, blond-haired and blue-eyed individuals reading them. We have no quarrel with their effectiveness for those people, but we have vigorous reservations about these books and their usefulness and appropriateness in Indian education.

It also is a widely known fact that the American Indians, in the past, have been denied an opportunity in school to read and learn about themselves in a positive and meaningful manner. The Rough Rock Demonstration School, aware of this problem, as has been Indian education for decades, has embarked upon an extensive program of designing, developing and preparing books and other materials dealing with Navaho life, history, biographies and current programs.

The Demonstration School sincerely believes that Indian youths in the past have been denied an equal and proper education because of the inadequacy and inappropriateness of the materials and books used.

Dr. Karl Menninger, perhaps the world's most renowned psychiatrist, long has lamented the fact that Indian education has neglected the fundamental cornerstone on which all education should be based. He believes that Indian education has neglected the Indian child and has made him consciously or unconsciously ashamed of who he is and, therefore, unable to meet the changing world with confidence. Dr. Menninger feels that Indian education should exert every effort to assist the Indian child in being proud of his past and confident of his future.

Without a positive self-image and an affirmative sense of identification, no one, regardless of nationality or background, can achieve his full potential. It is hoped that this book, with other volumes in the series, will trigger throughout the Indian reservations in this nation comparable efforts to prepare materials dealing with the life and culture of our Indian Americans.

*Robert A. Roessel, Jr.,* Former Director
ROUGH ROCK DEMONSTRATION SCHOOL
Now President, Navaho Community College

# INTRODUCTION

*Grandfather Stories* IS A COLLECTION OF ELEVEN narratives dealing with Navaho history and culture. The book is given the title *Grandfather Stories* because the accounts are the kinds that a Navaho grandfather often tells his grandchildren by an evening fireside.

After the initial discussion entitled "A Talk With Navaho Students," the stories are divided into three categories: mythological narratives, historical accounts and descriptions of things meaningful in Navaho life. The first group — mythological — is categorized thus because of the ancient origin, evidenced by the fact that no one knows when they occurred. More importantly, they are classified as mythology because they set patterns for proper relationships and behavior among earth people, animals and the gods. In this group are "The Navaho Ceremony for Rain," "The Lake That Got Angry" and "The Holy People and the First Dog."

The historical accounts deal with events which occurred in the last 200 years. Three of these stories ("Trouble With the Utes," "The Magic of a Navaho Sorcerer Saves His People From the Spaniards" and "Yellow Jackets") deal with attacks or attempted attacks upon the Navahos. "A Navaho Medicine Man Cures His Son" is a personal story of a more recent nature.

The third type of story concerns a number of subjects which are very important in everyday Navaho life. Each of these accounts — "The Hogan and Its Blessing," "The Navaho Sweathouse," "Grinding Stones" and "Some Navaho Medicines" — has social and religious value to the Navahos. This value is given sanction and validity by the establishment of divine origin and of the proper use and care of each item, as well as of the dangers of misuse. Thus, it is very important that Navaho children learn the origin, meaning and proper use and care of all the things discussed in this category.

## ACKNOWLEDGMENTS

The stories in this book were contributed by Charley Badonie, John Honie and Charley Burbank of Rough Rock and Henry Kinsel of Lukachukai. Frank Harvey, Della Jumbo, Paul R. Platero, Milton Bluehouse, Jimmy Platero and Clark Etsitty gathered the stories and transcribed them. Paul R. Platero and Laura Wallace handled the spelling of the Navaho words found in the text.

Martin Hoffman took the photographs used in "Some Navaho Medicines," and he assisted in obtaining the scientific names of the plants. Dr. Oswald Werner of Northwestern University also helped with the scientific and Anglo names of the plants by permitting the Curriculum Center to use his portable microfilm machine and a microfilm copy of Wyman and Harris' *Navaho Indian Medical Ethnobotany.*

Hoke Denetsosie and Clifford Beck, Jr., did the excellent illustrations. Sydney M. Callaway and I wrote the stories. Todd Simonds prepared the discussion on pages 13 and 14.

Broderick H. Johnson edited the stories and other material and supervised all phases of the book's publication.

Former directors of the Navaho Curriculum Center, Dillon Platero and Andrew Pete, also contributed much to the gathering and writing of these stories. The Board of Directors of DINE, Incorporated (Allen D. Yazzie, Ned Hatathli and Guy Gorman), the Rough Rock Board of

Education, and the administration of the Rough Rock Demonstration School made this book possible through implementation and guidance of the Navaho Curriculum Center and through their comments and suggestions concerning the text during its preparation.

Funds for the operation of the Navaho Curriculum Center came from grants by the Office of Economic Opportunity and by Public Law 89-10, Title I, the latter funds allotted through the Bureau of Indian Affairs.

*Gary Witherspoon,* Former Director
NAVAHO CURRICULUM CENTER

*Rough Rock, Arizona*
*July, 1968*

Photo by Paul Conklin

With his active involvement in local community affairs, in addition to being a member of the School Board of the Rough Rock Demonstration School, John Dick is highly respected as a man of rare character and with genuine leadership abilities. He was born March 15, 1907, about eight miles northeast of the present Rough Rock School.

John is a member of the Táchii'nii clan which originated from the early settlement of Táchii' in Arizona, signifying the Red-Painted Forehead clan. His father's clan is Deeshchii'nii. It had its origin in a place called Deeshchii' Canyon. He and his wife, Tahnibaa', have seven children. The family lives less than three miles east of the school in the general area in which John was born and raised. With no formal education, he is a successful stockman and a true community leader.

# A Talk with Navaho Students

*by John Dick*
*Member, Board of Education*
*Rough Rock Demonstration School*

𝕿HE SCHOOL AT ROUGH ROCK was built more than two years ago. Out of it have come new ideas and different programs. These ideas and programs have been successful, and they are good for us.

Our history did not begin at Fort Sumner. We, the Navahos, existed long before that. As time has passed, our way of living has changed. Today it seems that we are walking out of our way of life. Our concern for modern things has caused us to forget many of our Navaho ways. From now into the future we should remember our prayers, stories, arts and ceremonies. If we do this, our culture will continue and we as a people will live on and on.

That is why we prepare books like this for you to read.

From the time of our emergence upon this world our forefathers have told the stories, prayers and ceremonials of the Navaho people to their children and grandchildren. Today our children are attending modern schools, but they still should learn about our culture. We cannot keep our culture a secret if we are to preserve it and follow it. That is why we are collecting stories and putting them into books for our children and youth.

It is important for you to know how our forefathers lived and the difficulties they overcame. Our forefathers depended much on the sacred ceremonies of our people.

That is why they survived and why the Navahos are a strong people today.

We respect the ceremonies of our people. They are a guide for us into the future. This guide must be included in the education that our children receive in schools. From wherever we have come the path of beauty and harmony has been our guide. To wherever we go the path of beauty and harmony will remain our guide. It has been the source of our strength. It is the reason we have increased in numbers; and yet we are forgetting it. But if our way of life is part of the education you get at schools, as it is at Rough Rock, you will not forget it, and it never will be forgotten.

We also are walking away from the use of many plants as medicines. We know of plants which ease childbirth and which help women to have children when previously they were unable to have children. We know of plants which can cure various illnesses. These plants exist all about us, and yet many of our boys and girls do not know of them and their uses. Often even our young men and women do not know about the uses of these plants and herbs. This book tells about some of them, but we need to put much more of this information into another book for the benefit of our younger people.

Even the rocks have meaning to us. When we pray the rocks, hills and canyons respond and pray with us through echos. This is a sacred and holy event. We are walking away from times when we talked to, and prayed with, the rocks and canyons. We must keep our knowledge and understanding of this if we are to survive as a people.

The Navahos of Rough Rock and elsewhere are happy about what is going on at the Demonstration School. They say it is a good thing to revive that which we are losing. We want to improve our lives and living conditions through more jobs and better education, but we do not want to lose the real strength and power of our people.

It has been painful to me to see our people walking away from their sources of strength and power. With the writing of this book and others, I hope we will walk in the life we have known. At the same time, with this understanding and knowledge of our traditional strength and power, I hope that we also will walk into the future of our ever-changing world with a strong feeling of confidence, security and integrity.

The Navahos — from the beginning to recent times.

# Picture History of the Navaho People

**W**ITHIN NAVAHO SOCIAL STRUCTURE, as in any society, lies a personal awareness of supernatural powers—influences controlling one's humanity and all of nature's destiny. With the Navahos this sense has great strength because they still live on the land upon which they believe the gods walked. John Collier, one of the world's greatest authorities on the Indians, wrote of the People (the Navahos): "Far back within the Stone Age they knew themselves as children of this land, co-workers with it in the universal process. They wrought this land into their world myths, their religions, their verbal poetry and song and dance and ritual drama, even into their manual crafts and their costumes. They believed they were old as the land was old, eternal as it was eternal. Their soul, they believed, was its soul." (From *On the Gleaming Way*, p. 24.)

The complex picture history on the opposite page, which hangs in a prominent place on a wall of the Rough Rock Demonstration School, is the conception of a Navaho artist, George Mitchell, of the principle events in the history of the Navaho evolution—from the People's Dark Ages within the earth to the present. The origin and life line is symbolized by a growing stalk of corn rooted in the most ancient days, growing upward through the first tremors of human life in the midst of superhuman powers, and reaching fruition in the balance of modern life.

The pictures in each of the four areas show the major events which occurred as life moved upward. As life went on from one stage to another the activities became more complex; the likenesses of the characters became more human. But, even in the highly complex existence of today, depicted in the white block at the top, there is the understanding that the Navaho way springs from the past, that the stalk of corn is still growing.

Essential to the Navaho's understanding of his place in the universe are the forces of evil which co-existed with the forces of good from the most remote days to the present. Great Floods and fabulous monsters had their place in the immemorial world, and they were overcome only as the evil of ignorance was replaced by knowledge. The Navaho has lived in an old and violent world, and he has learned well the value of forebearance. The People today are aware of the great man-created violence in every part of the earth, but they do not despair, because the corn pollen throughout history and prehistory has symbolized not only their evolution but the promise of that evolution. Its eternal thrust is their spiritual strength.

*   *   *   *   *

(The detailed story of the history of the Navahos from the extremely remote beginning to the present, as related by the Navahos, will be told in a volume, *Navaho History*, being prepared by the Navaho Curriculum Center at the Rough Rock Demonstration School, with publication scheduled for early in 1969. It will be one of a series of books already published —or planned—by the Center.)

Humming Bird came upon the damp earth which Gopher
had pushed up from below the surface of the ground.

# The Navaho Ceremony for Rain
## (Níłtsá Bíkáh Nahaaghá)

Navahos tell a story about a time many generations ago
when it did not rain on their land for several years. The earth
became very dry. Many plants and animals died of thirst.
The people were short of food. They had only rabbits,
squirrels, prairie dogs, deer and antelope to eat, and many
of those animals were dying. There were no crops for food.

After four years without rain the people became very
worried. Gopher (Na'azísí), who is the go-between among
the Earth People (Nihookáá' diné'é) and the Water People
(Níłtsá diné'é), knew the bad condition of the Earth People.
He wanted to help; so he started digging upward until he

reached ground level. There he spread some damp earth which he had pushed up from below the surface.

Humming Bird (Dah yiitʼįhį́) was the only one who could travel far because the air was thin and there was little water. One day he found the damp earth which Gopher had pushed up to the surface.

Humming Bird pecked the damp earth and began to dig. He found a tunnel leading downward. Under the surface he came upon Frog. Humming Bird told Frog about the bad condition on the earth. Frog said that the Water People planned to take the rain away from the Earth People for twelve years because the Earth People had forgotten to use and respect their sacred things and ceremonies. Frog said the Earth People had become dishonest and were destroying many holy things.

Humming Bird asked Frog to give the rain back to the Earth People. Frog said the Earth People could have the rain back if they would make offerings to the Water People and would send someone to the "Place Where the Rivers Meet" (Tó ʼahiidlį́inii) to see Water Ox (Tééh Hoołtsódii). [That is where the Los Piños and San Juan Rivers meet. It is today the site of the Navaho Dam.]

Humming Bird returned to the people, carrying some of the damp earth. He told the Earth People about his visit with Frog. He told the Earth People that they were to gather all their precious stones and make an offering to the Water People. He also told them they should send someone to "Where the Rivers Meet" because that was the home of Water Ox.

The Earth People believed the story of Humming Bird. They gathered four precious stones (nitłʼiz) from the four directions. They got turquoise (dootłʼizhii) from the east, abalone (diichiłʼí) from the south, white shell (yoołgaii) from

- 16 -

the west and jet (bááshzhinii) from the north. Corn pollen was sprinkled on these precious stones while prayers were said and songs were sung.

While others started the ceremony, Talking God (Haashch'éélti'í) was sent to the home of Water Ox at "Where the Rivers Meet." He was to ask Water Ox to give the rain back to the Earth People.

At the rivers where Water Ox lived, Talking God saw tracks of Coyote coming from the east and going into the water. Other tracks showed Coyote also had come out of the water, gone to the east and had shaken the water off himself. Talking God went to the place where Coyote had shaken himself. Talking God found a seed of white corn there. Wind told him to pick the corn up, which he did. Then he returned to where the others were making an offering to the Water People.

The next day the people again sang the songs and said the prayers of the Rain Ceremony. Talking God again went to the rivers where Water Ox had his home. This time Talking God saw Coyote's tracks coming from the south and going into the water. Other tracks showed that Coyote had come out of the water and had gone a short distance to the south and again had shaken himself. Talking God went to the place where Coyote had shaken himself and found two seeds of blue corn. Wind told him to pick the seeds up, which he did. Then he returned again to the homes of the Earth People.

On the third day the people continued the ceremony for rain. Talking God again went to the rivers. This time Coyote had entered the water from the west. As he had left the river area he again had shaken himself. Talking God found three seeds of yellow corn where Coyote had shaken himself. Wind told him to pick up the seeds of corn, which he did. Then he returned to the homes of the Earth People.

On the fourth day the Rain Ceremony was continued. Talking God again went to the rivers. Coyote had entered the water from the north and had left to the north. Before leaving he had shaken himself. Talking God went to the place where Coyote had shaken himself, and he found many different kinds of seeds. Among them were pumpkin, bean, melon, muskmelon, gourd, etc. Wind told Talking God to pick up the seeds; so Talking God picked them up and took them home with him as he had done with the other seeds. Wind also told Talking God that he should plant the seeds, even though the earth was dry.

Before planting the seeds a one-night Blessingway (Hózhǫ́ǫ́jí) ceremony was performed for the seeds and the precious stones. The people spent the next four days planting the seeds. On the fifth day of planting Wind told them to send some people to "Where the Rivers Meet" and to "White River Falls" to make offerings of precious stones to the Water People there. Five people were sent to each place.

The five who were sent to "White Water Falls" were told by the Water People there that they had no control over the rain and that the Water People at "Where the Rivers Meet" had control of the rain. This was partly because Water Ox lived at "Where the Rivers Meet."

The five who went to "Where the Rivers Meet" were more successful. They made an offering of precious stones to the Water People there. A rainbow appeared by the water. Wind told the five people to get on the rainbow. The people did, and it took them down through the water to twelve steps of water. The people went down the twelve steps. There they found Water Ox.

They asked Water Ox to return the rain to above the earth. Water Ox told the Earth People not to worry. He told them to go home and mend their ways of living. He told

The five people who went to "Where the Rivers Meet" were successful. After riding the rainbow and descending the twelve steps of water, they found Water Ox.

them to respect their sacred things and ceremonies. He told them not to do things which were wrong and dangerous. He told them to be kind to each other and not to be selfish.

Water Ox also told the five people not to look, for twelve days, at the crops they had planted.

The five people came out of the water on the stairway of twelve steps. They returned to the others and told them about their visit with Water Ox. They said it soon would rain and that the people must start living better. They said no one should look at the crops for twelve days.

After the people did as Water Ox told them, the rains came and brought a fine harvest.

The next morning dark clouds covered the sky. It began to rain. It rained hard for four days. Then it just drizzled for eight more days. The people did not look at their crops.

Finally, the twelfth day arrived. The people went to look at their crops. They were very happy at what they saw. The seeds had sprouted and were growing rapidly. The rains continued that year, and the people had a large harvest.

Since that time the Navahos have used the Rain Ceremony when they needed rain badly. This ceremony usually is performed in a person's home with songs and prayers. The offerings of the four precious stones are placed in springs, ponds, rivers or lakes. The ceremony is performed during the time between the last quarter (dah'iitą́ągo) and the full moon (hanííbą́ązgo).

This is a very important story and ceremony. All Navaho children should know about it.

Whenever a group of people went near the lake it became angry. Waves slapped the shore, and the Navahos were frightened by a thrashing and splashing of water.

# The Lake That Got Angry

About twelve miles below the southeastern edges of Black Mountain there once was a lake. The dry lake bed still can be seen about seven miles southwest of Chinle and a mile or two west of Navaho Highway 8. People from the Rough Rock and Black Mountain regions went to the area to get salt. Many medicine plants grew near the water.

The people looked at the plants and wanted to get some of them to use in their ceremonies, but they were afraid to go too close to the lake. It seemed to dislike people. Whenever a group of them went near its shore, it became angry. Waves would slap the shore. Then there would be a thrashing and splashing of the water that scared them. The people would run away. When they looked back, the lake would be quiet again.

People who went near the lake in the evening said there was a strange sound at sunset. It was a moaning sound something like a bull bawling. Others said that the sound usually was heard on the fourth day after a heavy rainstorm. The sound was heard by many people when rain fell often.

"Maybe something in the water is making that sound," the people said. "Maybe whatever makes the sound also causes the water to get angry at us when we go close to it."

"If there is something living in the water," others reasoned, "it may come out once in a while. But perhaps it can't come far onto the land; so it would not be too dangerous — if we stay away from the water."

"Let's find out," someone else said.

The people saw four objects come out of the water — black,
blue, yellow and silver.

Some of the people were so afraid that they refused to go to the lake. Others were curious. They wanted to know what caused those strange sounds and actions. Other lakes were quiet and never made such sounds.

Those who were not afraid went close enough to watch the lake carefully. They stayed a long time, just watching. Nothing happened. Then, suddenly, they saw objects coming out of the water. The first was black. The second was blue. The third was yellow. The fourth was a silvery color.

Next, the water began flowing rapidly to the east down Cottonwood Wash. Then it went to the north along Chinle Wash and all the way to the area just west of Round Rock. The strange colored things went back into the water as it flowed like a river away from the lake bed. They did not appear again until the water reached the area of Round Rock.

There it suddenly stopped flowing, and the colored things came out of the water near Round Rock. Later, when the water started flowing again, the strange objects went back into it.

In this manner the water continued to flow away from the lake, and it did not stop until the lake was empty. The people no longer were afraid of the lake because it did not get angry at them.

By barking every day just as the sun was rising, First Dog
caused the Holy People to dislike him.

# The Holy People and the First Dog

The Holy People (Haashch'é diné'é) were the first people on earth to have a dog. However, it had the habit of barking early in the morning, just as the sun was coming up. The Holy People began to dislike the dog because it did so much noisy barking.

They talked about the dog, wondering what they should do about him and his barking. They decided it would be best to kill him and be rid of him forever.

First Dog heard what they were saying. To save his life he decided not to do any more barking.

Early the next morning some other Holy People from the west approached. The dog saw them, but he did not bark at them. He was afraid his masters would kill him.

The Holy People (his masters) were angry with him.

"Why didn't you bark and let us know there were other Holy People coming?" they asked the dog. "You didn't make a sound."

"You said you were going to kill me because I did too much barking," said First Dog. "I began worrying. You can, of course, do as you like about killing me. But remember that I see everything from east, south, west and north. I see everything that you are afraid of and warn you when those things are around. Do as you will, and see how things will be for you."

The Holy People talked together again.

After hearing his masters talk of killing him, the dog did not bark when other Holy People came from the west.

"Let's keep him for our pet," they said. "Dogs see through clouds and skies and everywhere. They see everything, even on dark nights. They help us protect ourselves against dangerous things."

After this decision people began performing ceremonies for their dogs and began raising them for pets. They liked the dogs because the clever animals were loyal to them, protecting them by day and by night, warning them of danger.

The Dog Ceremony has been lost, but dogs still are the pets and loyal friends of the Navahos. They are very helpful in herding sheep and warning their owners of danger. They should be treated kindly because of their loyalty and helpfulness.

The people decided to keep the dog as a pet.

Black Mountain, covering a vast area of the Reservation, rises like a fortress in the sky, providing sanctuary for the timeless ways of the Navahos. The above view, part of the northeast scarp, is the backdrop for the Demonstration School.

Photo by Martin Hoffman

# Trouble with the Utes

Life was hard in the early days of the Navahos. In fact, it is hard today, and it always has been. Before the people began to raise livestock, food often was scarce and hunger was an enemy. Nevertheless, the Navahos were among the most fortunate of all western and southwestern tribes. They had some land which would grow corn, wheat, squash, melons and other vegetables and fruits. And they had livestock.

The Navahos, who prospered to some extent because of their manner of living, were peace-loving and home-loving. News of their way of life reached the Spaniards perhaps 400 years ago. And other Indian tribes — such as the Apaches, Comanches and Utes — learned of it. Then the Spaniards and Indians began to raid the Navahos. Even the Pueblos sometimes disturbed the peaceful life of their neighbors.

Raiding became a custom, but it was not thought to be the evil that it would be considered today. The Navahos were raided from north, east, south and west; and, for protection, they were forced to defend themselves.

The families and clans learned to band more closely into groups. They organized for their common good. They co-operated in many ways — especially in herding their livestock and in seeking protection from raiders. The men took turns watching on high points from which they could see in all directions.

The Navahos in the Black Mountain region did that. Some of them had many fights with enemy tribes, especially with the Utes. This was true of those who lived north of Mid-Rock Springs (Tséníí' Tóhó), and near the area called Path Which Leads Over the Rock (Tsé Bikáá Ha'atiin), and it was true of those who lived west of the place called Burnt

Corn (Naadą́ą́'díílid). All of these areas were approximately 10 miles east of Piñon, Arizona (on the Navaho Reservation), and about 35 miles west of Chinle.

Sentinels in these areas were on the mountain most of the time every day. They watched for enemies and returned to their hogans only after sunset. They could not see raiders after dark, anyway, and wild animals were a danger at night.

At the time of which we write no enemies had been seen for many months. The sentinels perhaps were becoming less watchful. The people were less worried. They calmly herded their sheep, horses and cattle. They planted their fields and harvested their crops. Life was peaceful, although raiders always were on their minds.

One day a sentinel left his post at noon, went down to the camp and reported that there was no sound nor sight of anyone. He had been watching, he said, and had noticed nothing unusual. After eating and talking for an hour or so, he returned to his lookout, hid his horse in a grassy spot, lay down and soon fell asleep. The months of peace had made him careless of the safety of himself and of the other Navahos.

While he had been away from his post, a war party of 10 Ute Indians had hidden among the rocks nearby. They had approached during the forenoon while the sentinel was failing to do his duty. Now, while the Navaho slept, one of the Utes crept from his hiding place and killed him.

However, a group of six Navahos, who were grazing a large herd of horses some distance away on the mountain, saw the Utes and got ready to fight. But the enemies

---

One of the Utes moved noiselessly from his hiding place and killed the sleeping Navaho sentinel.

Little Whiskers killed two Utes in the fight, and the Navahos piled rocks over the bodies.

attacked the Navahos, scattered them and drove all of the horses farther up the mountain along a trail now known as Ute Path (Nóóda'í Hanás'nání).

The six Navahos, from below, got together again, and followed the trail of the raiders, whom they overtook at a place called Descending Sheep Trail (Hadah 'Adínílka'). By that time, a number of other Navahos who lived in the area joined the fight, and, with their arrows and in hand-to-hand combat, the combined Navahos killed seven of the raiders. The other three fled, leaving all but two of the horses and many sheep which the Utes had stolen at another place.

One Navaho, Little Whiskers (Dághaa' Yázhí), killed two Utes, and his friends piled rocks over the bodies. The rocks still are there today as a memorial to the Navahos' victory and Little Whiskers' bravery.

In this manner the Navahos fought and won many battles because they had learned to unite and help each other in maintaining their way of life.

* * * * *

The Utes, Navahos and other Indians no longer quarrel. All tribes are trying to cooperate to improve their ways of life. As was the case of the Navahos in this story, people who unite and work together can live better than those who fight with each other.

After the Navahos had gained refuge on top of the sheer-faced mesa pictured above, only the sorcerer, Ash Face, could save them from surrender or from death by thirst and starvation.

Photo by John Conner Hill

# The Magic of a Navaho Sorcerer
# Saves His People from the Spaniards

Before the United States got control of parts of the Southwest in 1846 the Spanish people of Mexico ruled much of the region.

At that time the Navahos were living as peacefully as it was possible to live in those days. Nevertheless, if the raiding Utes were not stealing their livestock, it was the Spaniards. The latter wanted to rule the Navaho people. They had control of most of the Pueblo Indians. Now they wanted to control the Navahos.

The Navaho people were not ready to give up their freedom, however. In other places, the Spaniards had raided the homes, had driven off the livestock and had taken the crops of Indian tribes. What was even worse, they took as captives Indian woman and children.

The Navahos in the Round Rock area, just west of the Chuska and Lukachukai Mountains, always were alert. They placed scouts on high lookouts where they could see, in all directions, whether strangers or enemies were coming. The scouts were able to give the danger signal in time for the people to prepare for trouble.

Suddenly, one day, a scout came running into the camp, crying, "The Spaniards (Naakaii) are coming! The Spaniards are coming!"

He had just seen men in the distance, the sun reflecting off their shining armor. He had seen the horsemen in formation, the foot soldiers and the supply train of wagons and carts. He knew they were Spaniards.

He shouted, "Many men. Many horses. Many weapons!"

With the Spanish soldiers coming in the distance, the Navaho families, carrying small amounts of food and water, climbed a narrow trail that led to the top of the mesa.

The Navahos were not afraid, but they were not eager to fight the Spaniards. They thought only of the safety of their women and children. They wanted to avoid fighting. They did not want their children captured and sold as slaves. Slave trading was becoming more important to the Spaniards than baptizing Navaho children.

The women knew what to do. They had answered the danger signals before. Calmly and fearlessly they assembled some food, a little water and a few blankets.

Why take much water? There were two springs at the foot of the mesa where they were going to hide. In a day or two the enemy would move and the Navahos would return to their homes. This had happened to them before. Even the children knew the tasks they had to do, and soon all were on the march to safety.

A narrow trail led to the top of the mesa (Tséyaa deez'áhí) on the western side of the Lukachukai Mountains. It was the only trail. At one place they had to use a wooden ladder and a rope made of yucca leaves. The mesa is about six miles northeast of Round Rock and perhaps twelve miles northwest of the present community of Lukachukai.

Slowly they climbed to their hiding place on top of the steep mesa. They watched, still unafraid, as the Spanish horsemen came nearer and nearer. The foot soldiers and the supply train came to a halt, awaiting camping orders from the leader. Then the order was given.

The troops were divided into two groups. One group camped near the trail which the Navahos had taken. The other camped on the opposite side of the mesa, near a spring.

It seemed that the Spaniards knew that the Navahos were hiding on the mesa. From these two places they could see any attempts the Navahos made to escape. A tent was pitched for the commandant near the spring (Tóhaachį'). The supply train made camp a short distance from the other camps.

To the Navahos the situation looked different from other times. The Spaniards were preparing to stay for a while. Did they know that the Navahos were hiding on top of the mesa? Had they seen the Navahos climb to the top? Had some Navaho, unknowingly, showed the hiding place to the Spaniards, as had been done at Canyon del Muerto, northeast of Chinle near Canyon de Chelly?

There was no question in the minds of some of the Navahos. This time things were different. However, if the leaders were worried, they did not show it. But that was only the first day.

The next morning dawned. The sun shined on the mesa. The Spaniards still were camped around it. Noon came. The Navahos could smell the roasting beef, but not a word was said. Before nightfall the water was gone. During the night, thirsty children begged for water, but there was none on the mesa. Still the women and men did not complain. They all understood their problem, but who would be the first to speak out?

The third day came. Not a cloud in the sky! No hope for rain water! The food would be gone with the morning meal. The Spaniards still were there. Again the Navahos smelled the roasting beef from the Spanish camp.

Finally their worries came out. It was as though the whole group could hide its thoughts no longer.

"How will we get water?" they asked each other. "We will die of thirst, for there is no water here on the mesa."

Others said, "We will have to take a chance or we all will die. We can't just sit here and do nothing. Think of our children. Let us do something."

Among the group of Navahos was a man of the Big Water clan (Tótsohnii) whose name was Ash Face (Binii' Łeeshch'iih). He was a sorcerer ('adiłgashí). Only a few of the men knew it. With Ash Face was another man who was learning the rites and ceremonies of sorcery ('adagąsh).

The third day slowly dragged to a close. The Spaniards still were camped below, patiently stopping escape. Some of the Navahos discussed how a man or a boy might go down the cliff during the night and bring water from one of the springs. But they found it could not be done because the soldiers had torn down the yucca ladder.

Then two of the leaders went quietly to Ash Face and begged him to use his powers to free them.

"It is known to us that you have killed people through the power of your sorcery. Perhaps, if you killed the commander of the Spanish troops, they would pack up and go away," one leader said to Ash Face.

"Please help us," said another leader. "You know that we all will die up here if the Spaniards stay at the spring much longer."

Ash Face crawled to the edge of the mesa and peered around a rock to look at the commandant's tent. He thought for a long time.

"It is true," said Ash Face. "I can shoot dangerous objects at people and kill them. But they work only on Navahos. I don't think they will work on foreigners like the Spanish people. I don't want to take a chance."

"Why not?" asked one of the leaders. "Please take a chance. It may work. It is the only way our lives can be saved."

Ash Face became very thoughtful. He looked into the distance for a long time. Then he said, "I understand how much we need help. Nothing could be worse than falling into the hands of the Spanish soldiers."

He paused a moment as if making up his mind. "But if I use my dangerous object, and if it does not strike the Spanish commandant, it will return to lodge in my body and kill me. No, I do not want to take a chance. I do not want to die."

"Smell that food," the leader said. "How good that meat smells. We are starving! We are dry with thirst. You, too, are starving and thirsty. Come! Please shoot the object. We are going to die up here unless the Spaniards move away!"

Ash Face took a deep breath. He had made up his mind.

"I'll try," he said at last. "I know what you say is true. I, too, am starving. I soon will die of thirst unless I can get to the spring. However, to perform this magic in the presence of our people could be deadly, especially to the children. You go back to the people and warn them to be very quiet. Above all, do not listen to my prayers and songs. Do not try, any of you, to see how I do this sorcery. Now go quickly, but quietly."

After the leaders were out of sight, Ash Face and his companion moved nearer the mesa's edge to a place where they could look down on the Spaniards.

Ash Face carried a guiding stick (a small shaft of black greasewood) and his bag of objects necessary to his sorcery.

At first they sat quietly, preparing their minds for the ceremony. The Spaniards below were laughing and talking and they were singing. They had no worries. They had plenty of water to drink and fresh roasted meat to eat.

The music and singing stopped. The commandant walked over to his tent.

"Now we must pray and sing our songs. This must not fail," Ash Face said in a soft voice.

So the two men prayed for a long time and sang in low voices. Then Ash Face, as though in a trance, faced the tent and the Spanish leader. He shot the dangerous object. Would it hit its target? Would it kill the Spaniard?

The men listened silently. They heard a dull thud-like sound. Then they heard a loud groan from the leader's tent. They looked at each other.

"Let us go back to our people now," said Ash Face. "We must tell them what we have heard."

The Navaho people had waited quietly. Then they heard the footsteps of Ash Face and his companion as they entered the camp. The people were very hungry, and their dry tongues were thick. But hope soon showed in their faces as Ash Face said, "My Children, I think we have done

At daybreak the Navahos were very happy as they watched the Spaniards load the body of their leader onto a horse and then ride away from the foot of the mesa.

it. We heard the man groan in his tent. Rest in peace through the night. We will see what tomorrow brings."

The next morning (the fourth day) at daylight the Navahos watched the soldiers round up their horses and burros. They saddled and packed. Then the people saw two men go into the leader's tent. They returned carrying the body of the commandant. They strapped it to a horse.

Then the entire troop retreated in the direction from which it had come.

The Navahos had been saved by the sorcery of Ash Face.

The yellow jackets attacked the Utes and their horses.

# The Yellow Jackets

## (Tsís'nálˈtsooí)

The Ute Indians, a tribe of Plains Indians, were hunters and seed gatherers during early times. They lived along what is now the Colorado-Utah border and in Northern New Mexico. When the Spaniards came in the early 1700s, the Utes got horses from them. The faster method of travel changed their way of life. They became fine horsemen and traveled over a much wider area than before.

Hunting and raiding became their chief way of life. At first it was warfare against the Plains Indians to the northeast — the Comanches, Cheyennes and Arapahos. They increased their herds of horses and other livestock by raiding other Indian tribes and Spanish settlements along the Rio Grande.

Later they went across the San Juan River into the Black Mountain area of Northern Arizona. This was Navaho territory, although not a great number of Navahos lived there in that early period. The Navahos had their farms and hogans in the lowlands. And they had their herds of sheep and goats, as well as horses. They would plant their crops in the spring, then drive the herds to Black Mountain for grazing. In the fall they would return with their herds to the lowlands, harvest the crops and live for the winter. This had been their custom for generations, and they had not been bothered by anyone for several years.

One spring, a band of Navahos, living between Rough Rock and Chilchinbeto, planned to drive their herds up a small canyon onto Black Mountain where the animals would spread out to graze. During the years a very good path had been made by the hoofs of the animals.

At the time of which we write several Navaho herdsmen had gone to the grazing area to check the condition of the grass and other plants. As they had climbed the path leading to the mesa on top of the mountain, they had noticed the hoofprints of a number of horses. On the mesa hoofprints were all over the ground. That never had happened before. Were these the signs of other Navahos, or could it mean enemies? Could strange people be spying on them?

The men held a meeting. They decided that they should leave two or three men there to watch for a few days before the horses and sheep were brought to the mesa.

Two brave men offered to stay and try to find out who the strangers might be if they came again. They found a good lookout and hiding place a short way down the canyon path. All of the others returned to their hogans. The Navahos worried because it was time to move the stock to the mountain grazing land.

The two men took turns watching from the lookout. Then came the day, the sun high overhead, when one of the sentinels suddenly looked up. He was sure he had heard hoofbeats. He rushed to the edge of the mesa. He looked out over the distance. All he saw was the dust of a lone rider and his horse.

Several days later the herds were moved into the canyon. The sheep were allowed to graze slowly up the canyon and then onto the mesa. But the horses were taken to the mesa immediately. They could not graze on the steep rough walls of the canyon.

Everything went well for six or seven days. The animals had become used to their feeding grounds. Worry about an enemy attack had almost gone from the thoughts of the Navahos. But they kept horses ready, in case of a raid.

Then, suddenly, one day when the sun was on the morning slant, the sentinel warned them of the approach of many horsemen on the mesa. Quickly, the Navahos mounted and drove the herd of horses down the trail leading to the canyon. They acted none too soon. They wanted to save their animals.

The party was a band of Utes on its first raid into this part of Navaho country. The Utes outnumbered the Navahos and were better prepared for the attack. They also had an advantage of confusing the Navahos and of a possible stampede of the herds. But the Navahos had the advantage of the protection of the canyon. They knew the canyon, its hiding places, caves, draws and ravines.

The Utes pursued, making all the loud noises possible. Into the canyon they went. They were getting very close to the Navahos when several Ute horses ran into a huge nest of yellow jackets. The angry little insects seemed to attack all the Utes and their horses. It was a battle between the yellow jackets and the Utes, while the Navahos and their horses moved down the canyon where the herds of sheep were grazing quietly.

Several of the Navahos saw what was happening; so they returned to assist the yellow jackets. It has been said that the arrows of these Navaho men killed nine of the Utes and that the rest turned and fled.

The Navahos were so thankful to the yellow jackets for helping them that the small canyon cutting back into Black Mountain, six miles west of Rough Rock, is called "Yellow Jacket" (Tsís'nálʧtsooí) Canyon.

# A Navaho Medicine Man Cures His Son

"If my father were here, he could cure me," John told the Navaho nurse at the hospital as she bathed the sores on the little boy's body.

The doctors and the nurses were very good to John Kinsel. They knew that he was the son of a well-known medicine man, and they had placed John in a private room. Maybe he would not have been so lonely if he had been in a ward with other boys.

The physicians in the Navaho area, especially around Fort Defiance, cooperated with the medicine men as much as possible. They knew the medicine men had spent much of their lives preparing themselves for this noble work of curing their people of all kinds of sicknesses. The medicine men had been doing it before there were any hospitals or white physicians on the reservation. The doctors knew that the Navaho people respected the medicine men. Of course, there are some medicine men who are not good, just as there are doctors today who are not good.

Most of the Public Health Service physicians realized that the medicine men knew medical and health secrets which the white doctors never even heard of.

"John," said the nurse, "if it were not for these sores on your body, I'd say you were just plain homesick for your parents, your sheep dog and to get out and herd sheep. I don't understand why these sores aren't getting better. They should be well by now. How long have you been in the hospital?"

"I came three days before the Easter holidays. I was going home. Remember?"

"Then you are homesick. I have noticed you sitting up in bed, just looking out the window. You **are** homesick."

"Miss Yellowhair, why can't my father come and take me home? He can make me well again in two or three days. I know he can," begged John.

Neither the nurse nor the doctor had time to make the trip to find John's father. But a pupil from near John's hogan was home for Easter, and he told John's big brother about John being in the hospital.

John's parents came to the doctor's office that very day, explaining why they should take the boy home for a Navaho ceremony. They told the doctor that they had the medicine that would heal their son.

It was true that John was no better after two weeks of care at the hospital. The sores were still there. The fever was even worse. The doctor had changed treatments several times. But he never had had a patient with sores so hard to cure. The boy really was sick. Maybe the medicine man **did** have the medicine.

The doctor gave the medicine man a brief history of the case. He made some suggestions, which may not have been heeded. Then he gave John a temporary release from the hospital. John was to return for a checkup before going back to school.

Most Navaho ceremonials last from two to nine days. John's father was a medicine man and he was to treat his son in a ceremony which would last only two days.

Soon after his return home John was feeling better. First, he was well cared for and loved. His relatives were around him, and they told him he soon would be well again. The relatives planned every detail of the ceremony.

True, he had only his sheepskin for a bed, whereas, at the hospital his bed had had spotless white sheets. Everything there had to be germ proof. The very air he breathed smelled like medicine. The food must have been good for him, but it tasted different even from the food he had learned to eat at school. Just when he was beginning to like the food at school, he was sent to the hospital where the food was different.

John had been taught that each ceremonial chant had come directly from the Holy People. To be in harmony with the Holy People he must be free from all ills and evils.

John had seen the ceremony succeed for others, and he knew it would work for him. With his father doing the ceremony, he knew he would get well. He knew this because the Holy People had done it that way from the beginning. It seemed that he had put on the moccasins of the Holy People, had walked with them along the pollen path and had breathed the strength of the sun.

The doctors and the nurses at the hospital had been good to him. They had done everything to make him comfortable. He was happy there, in a way. But, with his people, he found true happiness and a feeling of belonging.

His father knew the right herbs to use and how to prepare the medicine for the sores. After a few days John was well and happy again.

The medicine man took his son back to the hospital office as he had promised. The physician was surprised but happy to see the boy completely well again.

The doctor thought, "The medicine men have something that we doctors do not have. I wish I knew. Possibly some day, working together, we will know, too."

The physician was glad to see that the boy was well and happy again.

The female hogan.

# The Hogan and Its Blessing

Soon after the First People came up from the underworlds, near La Plata Mountain (Dibé ńtsaa), they talked about what they might use for shelter. A talking, invisible being told them where two hogans were located.

The First People were told that before they could live in them the hogans must be blessed. Talking God (Haashch'éélti'í) performed the blessing ceremony on the two hogans. Black God, First Man, First Woman and others watched.

The male hogan.

One of the hogans was of the male type, and one was of the female type. The male hogan was the forked type, and the female hogan was the round type.

The hogan blessing ceremony has at least four songs and sometimes twelve. Two prayers are required, and sometimes six are used. The male hogans are blessed by marking the four directions with white corn. The medicine man first marks the point to the east, then the one to the south, next the one to the west and, last, the point to the north.

During the blessing of the female hogan, yellow corn is used to mark the main posts. The east post is marked first, then the west post, the south post, the north post, the

Yellow corn is used to mark the main posts during the blessing of the female hogan.

outside layer of earth on the roof, the back of the interior, the center, and, finally, the stone just north of the door.

Every hogan must be blessed before it is lived in. The blessing makes the new home strong, beautiful and good. A hogan which has been blessed also will protect those who live in it. And it will bring happiness, harmony, material goods and children to its people.

The blessing ceremony makes the hogan a holy place that is fit for visits from the Holy People. However, before any other ceremony is performed in a hogan it is blessed again. This makes the hogan a good place in which to talk with the gods. It also makes sure that the ceremony will proceed without bad effects or evil influences.

The hogan is a very good home. It is warm in the winter and cool in the summer. It permits full use of every bit of space in it. But the Navaho hogan is not just a place to sleep and eat; it truly is a home and also a temple. It is a "being" which must be fed and kept strong and good.

A group of Navahos build a sweathouse and heat the rocks
to be placed in it.

# The Navaho Sweathouse

The Navaho sweathouse is a very important building. The first sweathouse was built at the place where the Navahos emerged from the lower worlds, somewhere near La Plata Mountain (Dibé ńtsaa). It was built by First Man, First Woman, First Boy and First Girl. They used it often. Since that time Navahos have used the sweathouse for many reasons.

Sweathouses are easily built. They can and must be made in one day or less. And they should be used the day they are built. The sweathouse is a male hogan because of its shape (the forked type). Like other hogans it should face the east. The first sweathouse was nearly as big as a normal hogan. Since then it has become smaller.

A sweathouse is begun by gathering several large and small poles, cedar bark or sage brush, rocks and firewood. The firewood and rocks are piled on top of each other, and a fire is started to heat the rocks.

A small pit, about five feet wide and one foot deep is dug. The larger poles are placed at the outer edges of the pit and joined together above its center. Cedar bark and/or sagebrush then are placed to fill the spaces between the poles. Earth next is used to cover the entire building except for the entrance. A layer of cedar bark also is put on the floor of the sweathouse.

By the time the house is completed the rocks are very hot. The rocks then are placed on the far northeast edge of the sweathouse. Several blankets are hung over the entrance to keep in the heat, and the sweathouse is ready to be used.

Men and women do not take sweatbaths together. The men remove all their clothing before entering the sweathouse. When women are using it, they remove all clothing but their skirts.

Before entering the sweathouse, the bathers yell, "Come, take a sweatbath!" ("Táchéé ghohiééh!") Other people, who are somewhere near, may join them. By yelling, they also are inviting the Holy People to come inside. The Navahos seem to be alone, but they believe that there will be Holy People with them and that the Holy People will be praying and singing with them throughout the bath.

The bathers enter the sweathouse and sit around the outer edges. They sing the songs and repeat the ancient prayers which are connected with the sweathouse ceremony.

Bathers, while cooling off after a period in the sweathouse, rub sand on their bodies to dry the sweat.

The bathers usually stay in the sweathouse from 20 to 40 minutes, and then they go outside. After cooling off, they re-enter for another period like the first. This is repeated several times (usually four) before the ceremony is completed.

Sand or fine earth is placed on the body to dry the sweat. At the end of the bath, the bather washes his body in a stream or lake or with some water brought to the sweathouse in a bucket or pot. He then dresses and leaves the sweathouse for use at some future time. The rocks remain in the sweathouse until they are taken out to be heated again. This is done over and over until they break up.

The sweathouse has three main purposes. It is for purification, good health and friendship.

Purification means to rid oneself of bad things. These evil things might be witch's poison, arrows, aches, pains or sickness causing bad substances in the stomach. The sweating rids the body of some of these evil things. Plants which cause vomiting often are taken with a sweatbath to get rid of the evil substances in the stomach.

During a ceremony, particularly on the last day of a sing (bijįh), the men usually take sweatbaths. In this way they prepare to take part in an all-night ceremony. They do this to cleanse and purify themselves because they will be with the Holy People in the ceremonial hogan.

The sweatbath also is used to restore and refresh one's health. When a person is tired, he can take a sweatbath and feel refreshed and healthy. It gives him energy and strength, and it gets rid of being tired. The sweatbath also cleanses the body. It is said that a person should cleanse his body of smell before he goes into the presence of Holy People or talks with Holy People.

The sweatbath also is very good to get people together and to develop strong ties of friendship and love. When a friend or relative visits a home, the host often should take a sweatbath with the visitor. This is a show of friendliness. It improves relations among relatives and neighbors.

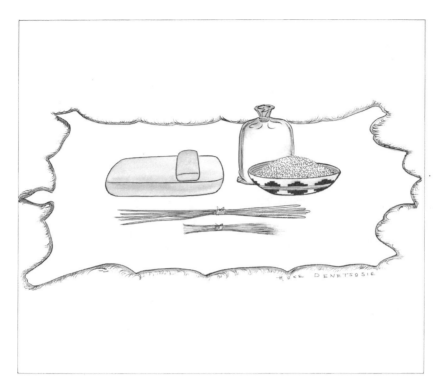

Grinding stones and other items connected with their use.

# Grinding Stones

Nearly all Navaho people have grinding stones in their homes. The stones have existed for a long time. Some say that the Twins, Monster Slayer and Born for the Water, were the first to make them for the people.

Other things always should accompany the grinding stones. One is a brush made of the broom plant (béé'ázhóó') or something similar. Another is the sheepskin upon which the grinding is done. Still others are the stirring sticks which are made of black greasewood (díwózhiiszhiin) and are used to stir the ground mush.

The scene, as corn is ground and prepared to make a cake
for the Puberty Ceremony.

The stones most often are used for grinding corn, but
seeds, medicines and other things also are ground in them.
The corn usually is made into various types of bread and
mush. Some of the corn is used in Navaho ceremonies. The
white corn is the male corn, and the yellow corn is the female
corn.

One of the most important times for using the grinding
stones is during the Puberty Ceremony (Kin Naaldą́ą́h) for
a Navaho girl. The girl for whom the ceremony is performed
must show her ability to grind corn. However, other women
at the ceremony help the girl grind because a large quantity
of corn is needed. The corn is used to make a large cake
which the young girl gives to those who help with the cere-
mony.

Many sacred songs are connected with the grinding stones, and the women usually sing these songs while they grind. The grinding is hard work, but the singing makes it seem easier, and the work goes faster.

It is very important for Navahos to have such stones in their homes. The stones are said to keep the women of the household happy and healthy and to increase the length of their lives. The stones also cause members of the household to have good thoughts. And the stones protect those members.

In addition, the stirring sticks ('ádístsiin) protect from hunger those who possess them. Hunger leaves and stays away when there are stirring sticks in the home. Hunger considers the stirring sticks to be arrows which can kill it.

Thus, all Navaho girls should learn to grind corn, and they should learn the value and importance of the grinding stones and the stirring sticks. Navaho girls also should learn the songs connected with the grinding stones.

The Juniper — found on many ridges and elevations in Nava-
holand, except for the higher mountain areas with their great
pine forests — combines practical utility with enduring beauty.

Photo by Martin Hoffman

Medicine plants grow in many places, especially on the four
sacred mountains.

## Some Navaho Medicines

Navahos know and use many herbs and other plants as
medicines. Some of them are used in Navaho ceremonies;
others are taken or used whenever they are needed. The
medicinal herbs grow in different places, many of them on
the sacred mountains. Some grow on high places, and some
grow in the lower areas.

Black Mountain (Dził Łíjiin) and the Chuska
(Ch'óóshgai) Mountain range grow many of the medicine

plants. Black Mountain is the female mountain, and the plants which grow on it are female plants. The Chuska range is the male mountain, and the plants that grow on it are the male plants.

Here are a small number of the many medicinal plants and herbs which are commonly used by the Navahos:

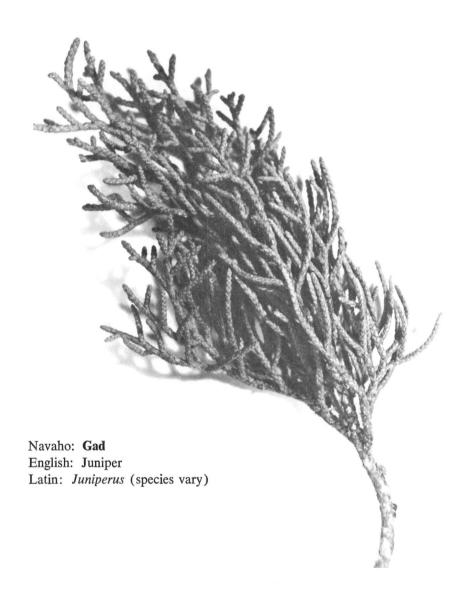

Navaho: **Gad**
English: Juniper
Latin: *Juniperus* (species vary)

Juniper trees are found throughout the reservation. They are burned, mixed with cornmeal and used as food. Juniper also is important because it is used as the "stick" (k'eet'ą́ą́n) in the Enemyway ceremony. The evergreens of the juniper tree are boiled in water and are drunk by women after childbirth. The medicine helps the women regain their strength. Its evergreens also are mixed with other herbs to induce vomiting .

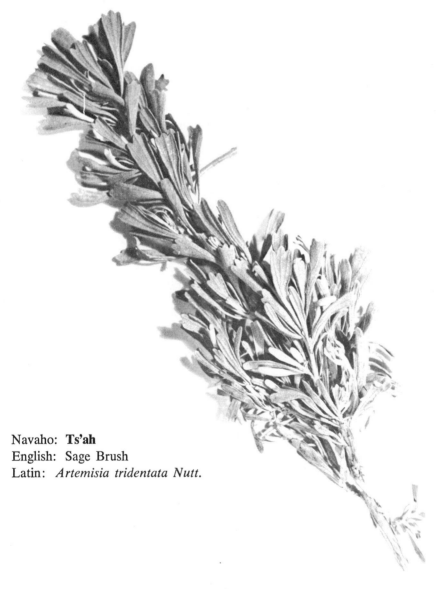

Navaho: **Ts'ah**
English: Sage Brush
Latin: *Artemisia tridentata Nutt.*

This plant is found all over the reservation. Its root is boiled in water and the liquid is drunk by the patient. It is used for colds, fevers and sugar diabetes. The medicine is a "Lifeway" medicine and is used in the Lifeway ceremony.

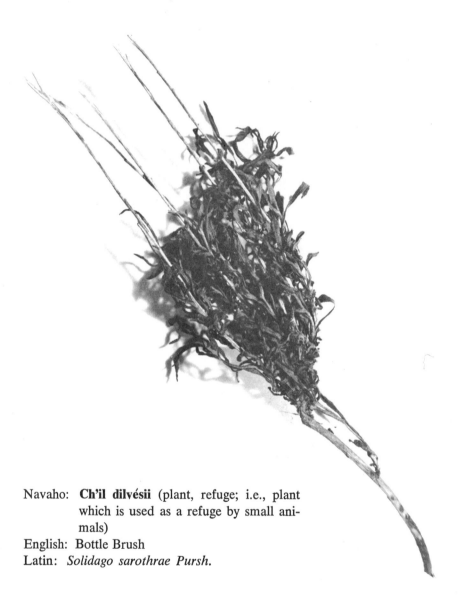

Navaho: **Ch'il dilvésii** (plant, refuge; i.e., plant which is used as a refuge by small animals)
English: Bottle Brush
Latin: *Solidago sarothrae Pursh.*

This plant is used in nearly all Navaho ceremonies, especially the Red Antway and the Chiricahua Apacheway (Chíshíjí') ceremonies. It also is used for sores.

Navaho: **Ch'ó**
English: Colorado Blue Spruce
Latin: *Picea pungens Engelm.*

The Colorado blue spruce is used in almost all of the ceremonies. Usually it is chopped and mixed with other herbs to induce vomiting.

Navaho: **'Awééts'áál** (baby cradle; i.e., a plant whose bark is used to make cradle boards)

English: Cliff Rose, Cliff Rosewood, Quinine Bush, Buck Brush

Latin: *Cowania mexicana D. Don*

Cliff rose, mixed with other herbs, is used in nearly all Navaho ceremonies. It has its greatest importance with the Evilway and Enemyway chants. A drink made from it is very effective against appendicitis attacks. Also, the bark from the major stem was used in making diapers long before cloth was used.

Navaho: **Tł'éé' yiigaáhí** (night bloomer, i.e., plant
which blooms at night.)
English: White Evening Primrose
Latin: *Oenothera caespitosa Nutt.*

This plant may be soaked in cool water or chopped and
boiled. The juice thus obtained may be taken cold or hot
for stomach illness and diarrhea. It also can be applied to
sores. It is a Lifeway medicine.

Navaho: **Łé'áze'** (earth, or ground, medicine)
English: Wild Buckwheat
Latin: *Eriogonum alatum Torr.*

The root of the wild buckwheat is an important medicine for physical injuries, especially injuries caused by horses. After an accident the medicine should be eaten and applied on the victim. Then it should be put on the horse. This, too, is a Lifeway medicine.

Navaho: **Niits'ǫǫsiitsoh** (earth, veins, big, i.e.,
plant whose roots look like big veins
in the earth)
English: Prairie Clover
Latin: *Petalostemum candidum Wild.*
(Mich.).

The root of the prairie clover is chopped, mixed with prairie clover and then boiled. It is prescribed for internal pains and bodily injuries. Its importance lies in the Enemy-way rite.

Navaho: **'Ázee' ná'ooltádii** (medicine, untying; i.e., medicine plant which is used for untying ceremonial knots)
English: Spreading Fleabane
Latin: *Erigeron divergens Torr. & Gray*

This medicine is used to ease childbirth. Pregnant women drink the potion prior to and until birth takes place. It also is used during castration of horses so that the veins will heal properly.

Navajo: **Tsé 'ásdaazii** (stone,
heavy; i.e., plant
whose w o o d is
heavy as stone)
English: Mountain Mahogany
Latin: *Cercocarpus montanus
Raf.*

The mountain mahogany is used as a medicine and to
color moccasins and rugs. When its root is boiled the water

becomes a red color. A Lifeway medicine, it can be taken by mouth or applied on the body. It is prescribed for both physical injuries and internal illnesses.

Navaho: **Dibé haich'iid** (sheep, scratch out; i.e., plant which the sheep scratch out for food)
English: Silky Sophora
Latin: *Sophora sericea Nutt.*


The root of this plant is used in the Enemyway sing along with other medicines. It can be prescribed for pains in the shoulders, and it must be taken orally and then applied on the shoulders.

*     *     *     *     *

Some plants and herbs are dangerous. Jimson weed (ch'óhojilghééh) is a dangerous plant. It should not be touched or handled, except by someone who knows how to do so. Children should not pick it, even though it has a big and pretty flower.

A harmful kind of cactus is called the "heart twister cactus" (jéí náyoogisii). If a Navaho eats this cactus it will twist his heart. If a white person eats it, he will have a heart attack.

Medicine plants are to be used with thanksgiving and are not to be wasted or ruined for fun. One must pray for the medicine plants before eating or using them. One also should make an offering to the plants with corn pollen. There are medicine plants for just about every condition or illness.

Few people know as much about these medicinal herbs as do the Navahos. Knowledge of them and their use is a valuable possession. All Navaho students should learn about many of these plants and herbs.

Photos of medicine plants by Martin Hoffman, who became director of the Navaho Curriculum Center in mid-July, 1968.

# Part II

# Navajo Transcription

**Text by Marvin Yellowhair**
**Editorial Assistance by Regina H. Lynch**

*Na'azísí łeeyi'dę́ę́' nihookáa'jį' łeezh*
*yishzhohgo haiizgeed nít'éé'*
*Dah Yiitįhii baa níyá.*


## NÍŁTSÁ BÍKÁ NAHAGHÁ
### (The Navaho Ceremony for Rain)


Ałk'idą́ą́' dikwíidi shį́į́ ałk'i ná'ázhchį́į́-dą́ą́' Diné yaa dahalne' díí doo nahałtingóó díkwíí shį́į́ nááhai kéyah bikáa'gi. Nahasdzáán ałtso nááltsei. T'óó áhayói ch'il dóó naaldlooshii dibáá' bíígh ą́. Diné bich'iyą' t'áá ayáhágo daazlį́į́'. Ákohgo gah, tsindit'inii, dlǫ́ǫ́', bįįh dóó jádí t'éiyá dajíyą́, áádóó, díí naaldlooshii t'óó ahayói daniné. Nanise' bineest'ą' ch'iyáán dooleełígíí éí ádin.

Dį́į́' nááhai t'áadoo nahałtiní áko diné bida'diił'á. Na'azísí *(Gopher)* éí Nihokáa' Dine'é *(Earth People)* dóó Níłtsá Dine'é *(Water People)* bita' ałnáájídááh, áko t'áá íídą́ą́' bił bééhózin, Nihookáa' Dine'é bee bich'į' anáhóót'i'ígíí. Áká'adeeshwoł nízin, áko áádóó deigo adeezgeed dóó nahosdzáán bikáa'jį' ha'azgeed. Łeezh yishzhohgo haiizgeedígíí éí ał'ąą néiidééziid.

Dah yiit'įhii téiyá t'áá sáhí nízaadgóó nízhdídááh nítch'i ászólí biyi'góó, tó ałdó' ádaasdįįd. Łah łeezh yishzhohgo bik'í-nizhnítą́ą́', Na'azísí ni' bikáa'jį' haiiz-geedígíí.

Dah yiit'įhii łeezh yishzhohígíí néii-neeshtązh dóó adeezgeed. Níléí góyaa a'áán łéi' yik'íninítą́ą́'. Ni' bitł'áahdi Ch'ał bík'ízhníyá. Dah yiit'íhii éí ni' bikáá'góó doo yá'át'ééhgóó haz'ánígíí ch'ał bee bił hojoolne'. Ch'ał ání, Nihookáá' Dine'é níł-tsą́ bighaalyá naakits'áadah nááhaijį', bi-niinaaígíí éí díí Nihookáá' Dine'é diyingo nideiléhígíí dóó bináhagha' t'óó yaa da-yooznah dóó doo bił danilíi da daazlį́į́'.

Ch'ał ánáádí'ní Nihookáá' Dine'é bini-da'adlo' dóó diyingo dah deiiyíléhígíí t'óó áhayói t'óó nidayiiłchxǫǫh.

Dah yiitįhii éí Ch'ał ááłjiní, Nihookáá' Dine'é níłtsą́ baa nídoolyééł. Ch'ał éí ání, Nihookáá' Dine'é níłtsą́ haanídooyééł, nidi ałtsé Níłtsą́ Dine'é bich'į' nááda'jiis-nii'go áádóó háidá níléí tó ahidiilį́įdi Téé-hoołtsódii baa jidoogááł.

Éí áadi Los Pinos dóó Tooh ahidíílį́. Éí dííshjįįdi Diné bidá'deestł'in bee wójí. Dah yiitįhii éí łeezh yishzhohgo t'áá joo-jihgo diné baa níjídzá. Ch'ał baazhníyáh-ígíí, diné bee bił hojoolne'. Nihookáá' Dine'é bił hojoolne' nitł'iz áłah ádaałééh dóó Níłtsą́ Dine'é bich'į' naadadi'yoołnih.

Áádóó ábíjiní, "Níléí tó'ahidiilíidi ła' ákóó daahxááł éí áadi Tééh Hoołtsódii bighandi baa doohxááł."

Nihookáá' Dine'é éí Dah yiitíhii bahane' dayoosdlągd. T'áá díídę́ę' nitł'iz ałah ádajiilaa. Ha'a'aahdę́ę' éí dootł'izhii nídazhdii'ą, shádi'ááhdę́ę' éí diichiłí, e'e'aahdę́ę' éí yoołgaii, náhookǫsdę́ę' éí bááshzhinii. Tsohodizingo tádídíín nitł'iz bągh ályaa dóó sin bá nideest'ą.

Ła' éí hadahasáago, Haashch'ééłti'í éí níléí Tééhoołtsódii bighangóó abi'dool'a' áadi éí tó ahidiilį́. Éí Tééhoołtsódii níłtsą binéízhdóokiłgo áádóó Nihookáá' Dine'é baa nídoolyééł.

Tooh nílínídi Tééhoołtsódii kééhat'íįdi, Haashch'ééłti'í níléí ha'a'aahdę́ę'go níléí t'óó góne' ma'ii abikée'go jiiłtsą. Łahgo nááná ma'ii bikék'eh náájiiłtsą tó biyi'dę́ę' habikéé' dóó e'e'aahjihgo dóó áadi tó ádągh yisgad lá. Haashch'ééłti'í níléí ma'ii tó ádągh yisgadígóó naaswod. Haashch'ééłti'í naadą́'áłgaii yik'ínítą́ą' áadi. Nítch'í ábítní, naadą́ą́' nídii'aah, éí ákójiidzaa. Áádóó t'ą́ą́' níjídzá níléí ła' Niłtsá Dine'é yaa nááda'iiłniihídí.

Biiskání diné sin yee nááda'deez'ą dóó níłtsą bisodizin yee hanáádaasdzíí'. Haashch'ééłti' toohgóó náánádzá áadi Tééhoołtsódii bighan. K'adígíí éí Haashch'ééłti'í níléí shádi'ááhdę́ę' dóó níléí t'óó góne'

ma'ii abikéé'go yiyiiłtsą. Łahgo ma'ii bi-
kék'eh éí táyi'déé' dóó níléí shádi'ááhjigo
abikéé' dóó táá'áhánígí éí ádisgad nááná.
Haashch'ééłti'í níléí ma'ii ádeesgadígi
náájilwod nít'éé' naadą́ą́' dootł'izhí naaki
yik'íninítą́ą́' áadi. Niłch'i ábíłní k'eelyéí
nídiinííł, éí ákojiidza. Áádóó Nihookáá'
Dine'é bighangóó t'ą́ą́' nínáájídzá.

Diné níłtsą yíká nidahałáago táá' yiską.
Áádóó Haashch'ééłti'í toohgóó nináájís-
wod. Ma'ii e'e'aahdę́ę́'go taahyilwod lá.
Áádóó tóóh yits'ánáswod dóó níléidi ánáá-
deesgáád. Haashch'ééłti'í níléí ma'ii ádees-
gádígi náájílwod nít'éé' t'áá naadą́'áłtsoi
yik'ínóinitaa'. Áadi Niłch'i ábíłní, naa-
dą́ą́' bineest'ą' nidíínííł hałní, éí ákojii-
dzaa. Áádóó Nihookáá' Dine'é dabighan-
góó t'ą́ą́' nínáájídzá.

Níłtsą bíká nahagháago dį́į́' yiską.
Haashch'ééłti'í éí toohgóó anáájoolwod.
Ma'ii náhookǫsdę́ę́'go taah náánáalwod
dóó náhookǫsjigo anáalwod lá. T'áadoo
dahdiilyeedí áłtsé ádeesgáád. Haash-
ch'ééłti'í náás dashdiiyá nílę́í Ma'ii ádees-
gádígi jiníyáá nít'éé' k'eelyéí t'áá ałtah
át'éego bik'ízhníyá. Bitahgi éí naayízí,
naa'ołí, ch'ééhjiyáán dóó adee' bikǫ́ǫ́' si-
nil. Haashch'ééłti'í éí nilch'i ábíłní, k'eel-
yéí nídiijááh, áko Haashch'ééłti'í keelyéí
níjiizláá' dóó hooghangóó názhníjaa' áłtsé
k'eelyéí níjiizlá'ígi át'éego. Haashch'ééłti'í

éí Níłch'í ánáábidi'ní, éí k'eelyéí k'ididíí-
léél nahosdzáán yíłtséí nidi.

T'áadoo k'i'dilyéhé t'áá bítséedi t'áá
ła'atł'é'égo Hózhǫ́ǫ́jí nahaghá bá yii'a' díí
k'eelyéí dóó nitł'iz. Díí' yiską́ diné k'eel-
yéí k'ideiidiléego. Níłch'i áháłní, ashdla'-
ají k'idazhdiléé góne' nihidiné'é ła' níléí
tó'ahidiilį́į́di dóó Tooh Łigaii adáálį́į́jį'
doł'á, áádóó níłtsą́ Dine'é nitł'iz bich'į' ní-
dahízhdóołnih. Ałts'ą́ą́jigo ashdla' diné
adabi'diis'a'.

Diné ashdlalt'éego níléí Tooh Łigai
adáálį́į́góó yíkai nít'éé' áadi Níłtsą́ Dine'é
ádabiłní, nihí doo níłtsą́ bee nihídahół-
níih da níléí tó ahidiilį́į́di éí Níłtsą́ Dine'é
níłtsą́ bee bídahólníih. Díí tó ahidiilį́į́di
éí Tééhoołtsódii íiyisíí áadi kééhat'į́.

Diné ashdlalt'éego níléí tó ahidiilį́į́jigo
eekaiígíí éí yéego bił éédahoozin. Éí Níłtsą́
Dine'é nitł'iz yich'į' náádayiisnii' áadi. Tó
bits'ą́ą́dę́ę́' nááts'íílid nahinídéél. Níłch'i
áháłní, nááts'íílid bikáa'jį' hasohkéáh.
Áko éí diné ákódaadzaa dóó níléí táyi' gó-
yaa naakits'áadahgo ałk'idahnáhást'ą́ą gó-
yaa yíkai. Tééhoołtsódii áadi bik'íjíkai.

Nihookáa'jį' níłtsą́ nihich'į' kónání-
dlééh dabizhdíiniid Tééhoołtsódii. Ni-
hookáá' Dine'é éí Tééhoołtsódii ábíłní,
t'áadoo yínííł danohłíní. Níláah hooghan-
góó nideiínóhkááh dóó yá'át'éehgo náás-
góó dahinohnáa dooleeł. Áádóó áhodoo'-

niid, nihidiyíí' dóó nihinahagha' nihił da-
nilį́į doolee. Bááhádzidii dóó doo ákǫ́ǫ́
áda'al'íinii t'áadoo baa naakaií nááho'-
doo'niid.

Neest'ą́ k'idasidooláhígíí, t'áadoo da-
nół'íní naakits'áadah yidoołkááł, éí diné
ashdlajilt'éego Tééhoołtsódii ákóhodíi-
niid.

Táyi'dę́ę́' naakits'áadahgo ałk'i dah na-
hást'ą́ biyi'déé' diné ashdlalt'éego áádę́ę́'
hanáskai. Tą́ą́' ninádajiiskai áádóó Tée-
hoołtsódii bich'į' nijiskaiígíí baa daho-
joolne'. Diné be'iina' yá'át'éehgo ánídei-
doodlíí ́ dóó t'áadoo hodina'í nikihodooł-
tį́į́ł daaníigo yaa dahoolne'. Neest'ą t'áa-
doo danół'íní naakits'áadah yidoołkááł
daaníigo yaa dahoolne'.

Diné díí Tééhoołtsódii áhodíiniidígíí
bida'jiilaa dóó bikée'di aho'niiłtą́ dóó na-
nise' yá'át'éehii haiinílá.

Abíínígo k'os dihił yá bik'ésti' silį́į'.
Áádóó aho'niiłtą́. Díį' yiską́ t'áá yéego na-
hałtingo. Áádóó tseebíí náánéíską́ t'óó ni'-
dizhołgo t'óó báhádzoo baa hoł dahóo-
zhǫǫd díí k'eelyéí ał'ąą kódaadzaa dóó
tsxį́į́łgo dadínéesą́. T'áá nááháltį́į́hgo ła'
nááhai dóó diné lą'í nída'neest'ą́.

Diné níłtsą́ yinízingo, níłtsą́ yíká nida-
hałáago áádę́ę́' hodeeshzhiizh. Díí sin dóó
sodizin éí diné bighan góne' nahaghahígíí
chǫǫ'í. Tó háálį́įjį', dóó tooh biyi'jį', dóó

be'ekidjį' díí nitł'iz áajį' bich'į' nááhániih.
Hanibąsgo doo dahiitį́įhgo bita'gi éí díí
nahaghá chǫǫ'į́.

Díí nahaghá dóó hane' t'áá ákónéehee
át'é.

T'áá át'é Diné áłchíní bił bééhózingo
yá'át'ééh.

---

*Níléí tó siyíjį' diné yit'áahjį' nídíkahgo tó
bánáchxįįh. Tó yááhiiłdaas dóó naanídzooł-
hxałgo Diné yéédaaldzid.*

# TÓ BÁHÓÓCHĮĮD
## (The Lake That Got Angry)

Dził Yíjiin dóó níléí shádi'ááh dóó ha'-
a'aah bich'ijígo, naakits'áadah daats'í tsin
sitą́ áadi tó siyį́į́ nít'éé'. Ch'ínílį́ dóó níléí
shádi'ááh dóó e'e'aah bich'ijígo tsosts'id
tsin sitą́ áádóó be'ek'id bikék'eh haz'an-
ígíí yít'į́ dóó e'e'aahjígo ła' tsin sitą́ doodaii
naaki daats'í, áádóó ałdó' yít'į́. Ákǫ́ǫ́ diné
áshįįh yíká ałnáádaakah níléí Tséch'ízhí
dóó Dził Yíjiin nahós'a'dę́ę́. Ch'il azee'
t'óó ahayóí nánít'į́į́ t'áá áhánígóó.

Nahaghá biniiyé ch'il ła' ádeeshłį́į́ł da-
nízingo diné t'óó ch'il nideinél'į́į́h, áko
tó yich'į' dadookahígíí yéédaaldzid. Tó

diné yijoołá. T'óó tábąąhjį' adildáhí nidi
hach'į' ádáhálchįįh. Tábąąhjį' tó yilk'ooł-
go ánánah tó náádiidááh dóó yááhiiłdaas-
go éí béédadzildzid. Áko t'óó bits'ąąjį'
dahnízhdiijah. Áádóó t'ąą' nidazhdét'įįh-
go tó ánáhodiilzih.

Hiiłch'įįhgo diné tó siyíníjį' yich'į' nidí-
kahgo ha'át'íí shįį áníi łeh. Ha'át'íí shįį
dóola nahalingo bii' hodi'níi łeh. Ts'ídá
yéego nahałtįįhgo áádóó díį' yiłkáahgo
ts'ídá ákone' diné deiidiits'įįh. Nahaltįįh
dóó bik'ijį' ákót'éego diné deiidiits'įįh.

Diné ádaaní, "Ei shįį ha'át'íí shįį táyi'-
déé' ánídí'niih. Ei ha'át'íí shįį táyi'déé'
ánínígíí t'áá éí nihich'į' tó yánáhálchįįh
áajį' nídadiikahgo."

"Ha'át'íí shįį táyi' góyaa kééhat'í," ła'
daaní, "áko éí łáhída hanádááh. Doo shįį
nízaadgóó kéyah yikáa'jį' hanádáah da
sha'shin, áko éí doo bik'e'éyéé' da, tó t'áá
bits'ąądi neildeehgo."

"Baa nidadíníitaał," ła' daaní.

Diné ha'át'íí shįį díį'go táyi'déé' haskai-
go dayiiłtsą—ła' łizhin, ła' dootł'izh, ła'
łitso, dóó ła' éí béésh łigaii nahalin.

Diné ła' t'óó báhádzoo nídaasdzííd tóojį'
dadookaháą yits'ąą dááteed. Ła' éí t'óó bił
daahaa da. Ha'át'íí lá biniinaa haashįį yi-
t'éego diits'a' dóó ákónát'įįh éí nihił béé-
dahodoozįįł danízin. Ła' tó éí doo ádei-
ts'a'í da dóó doo haadadaat'įį da.

La' doo nídaaldzidígíí tó yich'į' ałnáá-
daakahgo áadi hazhó'í hadeisííd. T'áá áadi
naháaztą́ągo hadeisíidgo nízaadgóó aná-
háłzhish. Áko doo áhánéhé da. T'áá hoosh-
ch'į' ha'át'íí shį́į́ táyi'déę́' haaskai. ałtséh-
ígíí éí łizhin. Naaki góne' éí dootł'izh. Táá'
góne' éí łitso. Dį́į́' góne' éí bééshłigai.

Áádóó t'áátsxį́įłígo ha'a'aahjigo tó íina'
Tsélání bikoohígíí. Áádóó náhookǫsjigo
Ch'ínílį́ bikoohígíí nááná dóó níléí Tsé
Nikání e'e'aah bich'ijigo. T'áadoo le'é ni-
daashch'ąą' yę́ę́ éí táyi' góyaa násdlį́į́' tó
nílį́ nahalingo. T'áadoo hanáánákáhí Tsé
Nikání bíighahjį' tó íina'.

Tsé Nikání bíighahdi tó ninína' nít'éé'
t'áadoo le'é nidaashch'ąą' yę́ę́ táyi'déę́'
hanáánáskai. Hodíina'go tó dahnáádiina'
nít'éé' tó yiih nínáánáákai.

Tó díigi át'éego t'áá nílį́įgo dóó t'áadoo
ni' kónéhé be'ék'idę́ę́ tó bii' ásdįįd. Tó
t'áadoo bánááhóóchįįd da k'ad éí diné doo
nídaaldzid da.

*Áłtsé Łééchąą'í t'áá ha'a'ááh bik'eh ałahíjį'
nahał'ingo, Haashch'éé Dine'é dabijoosłáá'.*

## HAASHCH'ÉÉ DINE'É DÓÓ
## ÁŁTSÉ ŁÉÉCHĄĄ'Í
### (The Holy People and the First Dog)

Haashch'éé Dine'é éí áłtsé bilééchąą'í
hazlį́į' nihookáa'gi. Abííńígo t'áá ha'a'ááh
bik'eh nahał'in, éí t'áá yiní. Ayóó' íits'a'go
nahał'in áko éí biniinaa Haashch'éé Di-
ne'é t'óó dabidjoołá dazlį́į'.

Łééchąą'í baa yááti', haalá doolnííł díí
nahał'inígíí. Seesyį́įjigo éí yá'át'ééh ha'níi-
go baa tsíhodeeskééz dóó yóó' ahidoolgháá́ł.

Łééchąą'í ádazhdíiniidígíí yidiizts'ą́ą́'.
K'ad éí doo nahash'in da dooleeł, doo na-
hash'ingóó t'éiyá hasdádeesháał niizį́į'.

Abííńígo Haashch'éé Dine'é e'e'aahdéę́-
go ła' yíkai. Łééchąą'í éí biiłtsą́ ákot'ée
nidi t'áadoo náhodiił'įįd da. Dashidiyool-
héél nízingo yinásdzííd.

Haashch'éé Dine'é bich'į' doo bił daho-
zhǫǫ da.

"Haash yit'éego t'áadoo náhodiniił'įįd da
Haashch'éé Dine'é ła' aadéę́' deiíkááhgo
t'áadoo nihił béédahoozin da," bi'doo'niid
łééchąą'í. "T'áadoo ni'shíníłch'íish da."

"T'óó báhádzoo nahał'ingo éí biniinaa diyoolyééł dashidooniid," hałní łééchąą'í. "Yínííł sélįį'. Níláah díí shida'noołhínígíí t'áá nihí danohsinígi át'éego ádaałééh. Díí éí béédááłniih dooleeł t'áá ałtsoní éí yish'į níléí ha'a'aah dóó, shádi'ááh dóó e'e'aah dóó náhookǫsjigo. Ha'át'íí shįį t'áá ałtsoní béédaałdzid shįį yish'į dóó bee nihił hashne' kǫǫ nihinaagóó hólǫǫgo. T'áá nihí da nahsinígi át'éego áda'ohłééh dóó ííshjáąshįį t'áadoo le'é hait'ée dooleeł nihá."

Haashch'éé Dine'é áhííkaigo yaa yádááłti' nááná.

Hodi'yoolyééł ha'níigo dzidiizts'ąą'go éí bąągo Haashch'éé Dine'é e'e'aahdęę' t'áadoo náhozhdiił'in da.

"T'óó nihilįį' dooleeł," daaní. "Łééchąą'í éí k'os dóó yá yiníkáá góne' oo'į dóó t'áá ałtsogóó. Tł'éé' nidi t'áá ałtsxoní dayoo'į. Báá dahadzidii bits'ąą ádaa'áhwiilyą́ ákwe'é nihíká'análwo'."

Díí baa nitsídajizkééz dóó łééchąą'í bá nahaghá yá ádayiilaa dóó bilįį' ádayiilaa. Łééchąą'í ayóó' ádayó'ní éí bąągo naaldlooshii da boosání, jįįgo dóó tł'ée'go baa ádahalyą́ báádahadzidii bił ííshjání ayósin.

Łééchąą'í binahagha' éí haajíshįį silįį' nidi Diné łééchąą'í t'ahdii bilįį' dóó ayóó' ádabó'ní. Dibé nanilkaadgi ayóo áká'aní-

daalwo' dóó báádahadzidii íishjání áyó-
sin. Ayóo áká'análwo' dóó bá'áhwiinít'į
éí bąągo baadajiiniiba'.

Diné łééchąą'í t'áá danihilįį' dooleeł
daniizįį'.

~~~~~~~~~~~~~~~~~~~~~~~~~~~~~~~~~~~~~~~~~~~

*Diné bináhásdzo bikáa'gi Dziłyíjiin
haashįį honiłt'éelgo bik'ésti, ts'ídá
ániłdzilgo yá biihí'á nahalingo, bikáa'gi
éí hodiyingo Diné bá niilyá. Náhookǫs
dóó ha'a'aah bich'íjígo át'é áájí éí ólta'.*

## NÓODA'Í BIŁ MA' ÁDAZHDILCHÍ
### (Trouble with the Utes)

T'ah hodíina'ídą́ą́' Diné be'iina' nanitła
nít'éé'. Díishjįįdi aaníí yéego nanitła, dóó
éí áłahíjį' t'áá ákót'é. Diné t'ahdoo naal-
dlooshii bee haleeh yę́ędą́ą́', ch'iyáán ayóo
bídin hóyéé' nít'éé' dóó dichin éí ana'í
ádaat'éé nít'éé'. Diné t'áá shǫǫ t'áá yá'á-
t'éehgo kéédahat'įį nít'éé' níléí e'e'aah
bich'íjígo dóó shadi'ááh dóó e'e'aah bi-
ch'íjígo. Éí kéyah bee dahólǫǫgo bikáa'gi
naadą́ą́', dóó tł'oh naadą́ą́', naayízí, ch'ééh-
jiyáán dóó kojį' ch'il daadánígíí dóó tsin
bineest'ą' nídanit'į́įh nít'éé' Naaldlooshii
ałdó' bee dahólǫ.

Diné, łahgo át'éego kééhat'į yá'át'éehgo
bił hoo'a'ígíí, éí biniinaa k'é yee ayóó'
áda'ahó'ní dóó hooghan ayóó' ádayó'ní.
Díįdi neenázdiin nááhai yę́ędą́ą́' daats'í.
Naakaiiłbáhí hwe'iina' yaa hodiizts'ą́ą́'.
Bits'į' yishtłizhii ałąą ana'í Dziłghą́'í, Naa-
łání dóó Nóóda'í ádaat'éíi da bił bééda-
hoozin. Áádóó Naakaiiłbáhí dóó bitsį'
yishtłizhii Diné yich'į' nikidadiibaa'. Łah-
da Kiis'áanii yił kééhat'íinii be'iina' hash-
t'edít'ehę́ę łahdóó yínída'iits'ih łeh.
    Na'abaah t'áá ákót'é silį́į́'. Dííshjį́įdi
doo yá'át'ééhgóó baa nitsáhákeesígíí éí
doo át'ée da íídą́ą́' Diné níléí náhookǫs,
ha'a'aah, shádi'ááh dóó e'e'aahdę́ę́'go bi-
ch'į' nida'azbaa', t'áá ákót'é biniinaa bí
ałdó' ách'ą́ąh naabąąh silį́į́'.
    T'áálá' hooghanígíí dóó ałk'éí danilín-
ígíí éí t'áá kónígháńigo ałhąąh dah naazh-
jaa'go kéédahat'į. Éí dah nijizhjaa'ígíí bee
ła'í dajílį́. Díkwíidi shį́į́ ał'ąą honí'ąągo
ahíłká' aníjííjéé' naaldlooshii nanilkaadgi
éí aláahgo dóó nidaabaahígíí ałdó' bi-
ts'ąą' ádaa'ádahojilyą́. Níléí aghánąhóó'á-
hídóó t'áá ałtsogóó hoot'į éí áádóó hastóí
ałnááhookahgo hada'ásíid łeh.
    Dziłíyiin nahós'a'gi éí Diné ákódáát'įįd.
Diné díkwííshį́į́ ał'ąą ana'í yił da'ahoogą́ą́',
Nóóda'í éí aláahgo. Díí náhookǫsjigo Tsé-
ńį́į́' Tóhó dóó Tsé Bikáá Ha'atiin binaagi
éí baa dahojilne'go t'áá aaníí diné kééda-

hat'ínígíí ákódaadzaa, dóó e'e'aahjígo
Naadą́ą́' Díílid haz'ánígi. Díí bił nahaz'án-
ígíí éí Be'ak'id Baa'ahoodzání dóó ha'a-
aahjígo neeznáadi tsin sitą́ dóó Ch'ínílį́į́
dóó éí tádiin dóó bi'ąą ashdla' tsin sitą́
e'e'aahjígo (díí Diné bikéyah bikáa'gi).

Díí ákóó nahaz'ą́ą́góó éí hada'asídí dził
aghánídahaz áádóó hada'asiidgo bee ada'-
a'ááh. Hada'asíidgo ana'í bíká, áádóó
e'e'áahgo hooghandi ninájiikááh. Jó tł'ée-
go éí nidaabaahígíí doo dajoo'į́į́ da áádóó
naaldlooshii da'áłchínígíí éí tł'ée'go báá-
hádzid.

Íídą́ą́' ana'í doo dajoo'į́į́góó díkwííshį́į́
nídeezid. Hada'asídí dóó hózhǫ́ hada'a-
síid da daazlį́į́'. Diné doo hózhǫ́ yínííł da-
nilį́į́ da. T'óó hodéezyéelgo dibé, łį́į́' dóó
béégashii nideiiniłkaad. Dá'ák'ehgi k'ee-
dazhdeesdla' dóó nídazh'neest'ą́. T'óó
áhodéézyéél nidi ana' nidaabaahii áłaníjį'
nidajólí.

Łah ha'asídí ałní'íą́ago hanáá'ásííd ní-
t'éé' t'óó dah diiyá níléí dah oonéłígóó
nálwod dóó áadi náhojoolne', doo íits'á'í
da, doo naagháhí da, jiníigo. Ha'asííd ní-
t'éé', jiní, doo áhoot'éhé da. T'ááłá'í daa-
ts'í ałhéé'ílkid da'jííyą́ą́' dóó yádááti', áá-
dóó t'ą́ą́' níjídzá níléí ha'jisídígóó, halį́į́'
nizhdínées'į́į́' hodiłch'il bitahgi áádóó ji-
neezt'į́į́ dóó ajiiłhaazh. Hasht'ehodít'éego
díkwííshį́į́ nídeezidgo doo hazhó'ó áda-

hojilchiih da ádáhoolaa dóó ła' Diné ałdó' ákódaadzaa.

Dząądi nijigháago shįį Nóóda'í neeznált'éego tsétahgi nídadínéest'į́į' t'áá áhánígi. K'adę́ę ał'ní'é'aahgo hanishį́į haa níjéé', Ha'asídí honaanish jineestł'ahgo. Áko diné ałhoshgo Nóóda'í ła' nahonit'indę́ę' haa nii'na'go hwiisxį́.

Diné hast'ą́lt'éego łį́į' lą'ída nídeiiniłkaad dziłkáadi t'áá áhánígi éí t'ah nít'éé' Nóóda'í dayiiłtsą́ dóó hasht'e' ádazhdiilyaa bik'iizhdoojah biniiyé. Nidi Diné ana'í bik'iijéé' dóó tabidi'nooskaad, łį́į' éí ałtso níléí Nóóda'í Hanás'nání dahojíní ákǫ́ǫ́ baa adaazhjéé' dził bą́ąh gódei.

Níléí wóyahdi Diné hastą́lt'éego ałhínáánéiikai áádóó nidaabaahí dah deiidiiłkáá', Hadah Adínílka' hoolyéé léi'gi bíjíkai. Ts'ídá ákohgo Diné díkwííshį́į́ ałhíikai ákwe'é haz'ánígi atah nídazhdiibaa'go k'aa' dajíjááh Diné nidaabaahí tsosts'id nideiistseed. Táa'go éí dah diníizood dóó łį́į' naakigo yee. Nááná łahgo ałdó' Nóóda'í dibé deiineez'į́'ígíí éí t'áá ákǫ́ǫgo.

Dághaa' Yázhí ałk'ijiijée'go Nóóda'í naaki neiistseed, áádóó tsé yik'i yáádayiitsi.

Diné t'áálá'í, Dághaa Yázhí, naaki Nóóda'í neiistseed dóó dabik'is éí ats'íís tsé yił yáádayiitsi. Dííshjį́įdi tsé t'ahdii t'áá ákwe'é éí Diné dóó Dághaa' Yázhí da ak'e-hodeesdlį́'ígíí éí yee yéédaalniih.

Díigi át'éego díkwíidi shį́į́ Diné ak'eh-dadeesdlį́į́' ałhíká' anájahgo dóó ałhínéii-kahgo áko be'iina' t'áá ákót'éego ádayósin.

Nóóda'í, Diné dóó Bitsį' Yishtłizhii ał'ąą ana'í k'ad doo ahinááddiijah da.

T'áá át'é bitsį' yishtłizhii ał'ąą ana'í ał-hiłká'anájahgo be'iina' yá'át'éehgo áda-yiilaa.

Diné kwe'é baa hane'ígíí, éí diné áhił-danidlį́, dóó ahił nidaalnishgo, éí díí la' ałk'inéiijahígíí biláahdi át'éego yá'át'éeh-go kééhat'į́.

---

*Diné díí tsé dah'azkánígíí yikáá'*
*hadahineezhchą́ą́'go Binii Łeeshch'iih*
*adigash yee hasdá'íí'eezh dibéá' dóó*
*dichin ádaat'éí bits'aa'.*

## DINÉ BA'ÁLÍÍL BEE ADIGĄSHII YEE BIDINE'É HASDÁ YÍINIL NAAKAIIŁBÁHÍ BITS'Ą́Ą́'

*(The Magic of a Navaho Sorcerer Saves His People from the Spaniards)*

Tseebííts'áadah dóó bi'aan dízdiin dóó bi'aan hastą́ą́ *(1846)* yihahą́ą́dą́ą́' shádi'ááh dóó e'e'aah bita'gi t'ahdoo ashdladiin dóó bi'aan kéyah hahoodzoígíí *(United States)* yee ádíhólnííh yileehgóó Naakaiiłbáhí yee ádíhólnííh nít'éé'.

Íídą́ą́' Diné t'áadoo át'éhégóó kééhat'íí nít'éé'. Nóóda'í nidaabaahii naaldlooshii doo hweedeiini'įįhgóó éí Naakaiiłbáhí hwee da'ni'įįh łeh. Naakaiiłbáhí íinizingo éí Diné shibeehaz'áanii yik'ehgo yikah dooleeł nízin. Kiis'áanii éí yik'ehdadeesdlíí'. K'ad éí Diné bik'ehdadiidłeełgo nihibeehaz'áanii yik'ehgo kééhat'íí dooleeł danízin.

Diné doo t'áá k'ad nihik'ehodeesdlíí' da danízin. Łahgóó Naakaiiłbáhí dahooghangóó tádadííbaa', łíí' da adeiiniiskaad, ch'iyáán dóó ch'il bineest'ą', diné yits'ą́ą́' adayiizyį́. T'ah náábíláahgo asdzání dóó áłchíní deiisná.

Tsé nikání nahós'a'jí níléí e'e'aah bich'į'jígo Ch'óóshgai dóó Lók'aa'ch'égai dził deez'áhádóó Diné t'áá áłahíjį' hada'asííd nít'éé'. T'áá da'níłts'ą́ą́déę́' ts'ídá aghánáhóó'áhídóó ha'asídí dah naazdáa łeh hada'asííd biniiyé, eyóní da éí doodago ana'í tádadinééhígíí hádeidéez'íí'. Ha'asídí t'áá bitséedi níléídęę́' bááhádzidii diné yił ííshjání áyiił'iihgo t'áá bítséedi ach'į' nahwii'ná yiniiyé hasht'e' ádadiil'įįh.

T'ah nít'éé', łah naałchi'í dadilwoshgo hooghanéejį' ííjéé', "Aadę́ę́' Naakaiiłbáhí! Aadę́ę́' Naakaiiłbáhí!" daaníigo.

Níléí ánízahdéé' diné bibéésh éé' bik'i yáádazdiidla'go yiyiiłtsá. Diné łį́į' bił ał- kee' íít'i'go yiyiiłtsá, siláo t'áá ni' yijah akéé', hxééł da bił da'íbąąs. T'áá íídą́ą' Naakaiiłbáhí ádaat'į niizį́į'.

Hadoolghaazh, "Diné t'óó ahayóí! Łį́į' t'óó ahayóí! Bee da'ahijigánígíí t'óó aha- yóí!"

Naakaiiłbáhí siláołtsooí níléí ánízah- déé' yinéelgo, Diné dził bich'į' áhoołts'óó- zígo atiingo ákódeig deiyí'nééh ch'iyáán dóó tó t'áá áłch'į́į́dígo deiyíjáahgo.

Diné éí doo nídaaldzid da, nidi doo t'áá k'ad Naakaiiłbáhí yił da'hoogą́ą' da. As- dzání dóó áłchíní hasdádookah t'éiyá da- nízin. Ana hodooleeł yits'ą́ą' naakai. Doo t'áá k'ad niha'áłchíní nihits'ą́ą' dadzis- náah da dóó doo naal'a'í biniiyé haa nida- hidoonih da danízin. Naakaiiłbáhí yis- nááh naalté biniiyé baa nahaniihgo agháa- di bił nilį́įgo yaa tsídadeezkééz.

Sáanii éí t'áá íídą́ą' ádadooniiłii bił béé- dahózin. Doo índa kót'éego Naakaiiłbáhí bitah daazbaa' da. Hodéezyéelgo t'áá doo nídaaldzidí ch'iyáán dóó tó dóó beeldléí áłah ádayiilaa.

T'áadooísh át'éégóó tó lą́'ígo dajíkaah dooleeł? Níléí Dził tsį́įdi yee' naakigo tó háálį́. Ła'ají éí doodago naakijį́ da ana'í náás náádí'néehgo áádóó Diné dabighan- góó anáhákah. Díkwíidi shį́į́ ákódzaa. Áłchíní ałdó' ádadooníłígíí bił béédahózin. Áádóó t'áadoo hodíina'í oonéłęę hasdá'- ooldee'.

Lók'aa'ch'égai *(Lukachukai)* dził dee- z'áhígíí e'e'aah bich'idęę'go Tséyaa dee- z'á'í hoolyéhígi áhoołts'óózígo ha'aztiin éí t'áá éí t'éiyá ha'aztiin łeh. T'ááłáhígi éí haaz'éí tsin dóó tsá'ászi' bee ahídahaas- tłǫǫgo bee hahazt'i' nít'éé'. Éí dził náhoo- kǫs dóó ha'a'aah bich'ijígo Tsé Nikání *(Round Rock)* hoolyé áádóó hastą́ą́ tsin sitą́. Áádóó k'ad Lók'aa'ch'égai nahós'a'gi náhookǫs dóó e'e'aah bich'ijígo áádóó éí naakits'áadah tsin sitą́.

T'áá hazhóó'ígo dził bílátahjį' hadajiis'- na'go áadi nidajidínéest'íį' áádęę' hada'- jisííd, nidi doo náhádzid da Naakaiiłbáhí t'áá áyídęę' yinéeł nidi. Siláogo ni'naa- jééhí dóó tsin naabąąsęę t'áá ákwe'é ni' ní'níbą́ą́z, aláajį' sizínígíí bik'ehgo oonéł- ígíí biba'.

Oonéłęę naakigo ałts'á'nil. Ła' éí t'áá ayídígi Diné haaznánée yíighahgóó ni- níná, nááná ła' éí lahdęę'go dah'azką́ bi- ne'dęę' tó háálínéegi niníná.

Naakaiiłbáhí éí Diné dah azką́ yikáa'di nidanit'inígíí bił béédahózin nahalin. Díí ałts'ą́ą́hdęę' dah oonéłígíí t'áá haada yi- t'éego Diné ła' hoyeet'íįjį' ch'élwodgo t'áá- łáhídi yidooltséél biniiyé shį́į́ kwe'é ni'- níná. Tóháachį'jí nininanéé éí níbaal bi-

gháhoodzą́ą̱go ályaa áádę́ę̱' ana'í ha'déest-
t'į́į̱ biniiyé. Tsin naabą̱as bee oogéłę́ę̱ éí
t'áá sahdii níléí ánízahdi bił ni'níbą́ą̱z.

Diné áhoot'éedí deiinéł'į́į̱go bił łahgo
áhoot'é. Naakaiiłbáhí éí t'áá ákwii nízaad-
góó dah yinééł yiniiyé niníná. Da' Diné
dah azką́ bighą́ą̱'di nidanit'ínígíísh bił
béédahózin? Ła'ísh Diné dah azką́ bighą́ą̱'-
góó deiiyí'néehgo dayiiłtsą́? Ła' daats'í
Diné ninádazhdit'į́hę́ę̱go t'áadoo yaa áko-
nízíní Naakaiiłbáhí yił ch'íhoní'ą̱, Tséyi
di éí ákódzaa náhookǫs dóó e'e'aah bich'į̱'-
jí Ch'ínílį́ nahós'a'jí?

Ła' Diné díí łahgo áhoot'ehígíí t'áá ba-
hat'aadí yą̱ąh dabíni'. Naat'áanii shį́į̱ éí
bida'diił'áa nidi doo kót'é daaníi da. Nidi
t'ahdoo yiłkaah da.

Yiską́ą̱ dóó hanáá'oot'ą̱. Tsé dah'azká-
née bik'i'diidíín. Naakaiiłbáhí t'ahdii t'áá
ákǫ́ǫ̱ dah yinééł. Áádóó ałní'ní'ą̱. Diné
atsį̱' daat'eesgo deiiłchin nidi t'áadoo kó-
t'é dadíiniid da. T'áadoo e'e'aahí tó ałtso
dajoodlą́ą̱'. Tł'ée'go áłchíní dibáá' daaz-
lį́į̱go ch'ééh tó dayókeed. Tsé dah'azkán-
ígíí bikáa'di éí tó ádin. Sáanii dóó hastóí
éí doo kót'é daaníi da. Hoł áhoot'éhígíí
éí t'áá'ájiłtso baa akodazhnízin nidi háí-
shį́į̱ áłtsé kót'é didooniiłígíí diné yich'į̱'
daasti'.

Táá' yiská. K'os nidi doo haa'ígi ła' dah
shizhódígi da. Nahóół'tą́ą̱go t'áashǫǫ tó

hodooleeł nít'éé'. Ch'iyáán nidi ábinígo
t'éiyá náádazhdoodįłígo yidziih, jiní. Naa-
kaiiłbáhí ałdó' t'ahdii t'áá ákǫ́ǫ́ dah yi-
nééł. Áko Diné t'óó atsį' daat'eesgo náá-
deiishcháá'.

Doo hoł chodahóó:įįdgóó, t'áá'ájíłtso
haashį́į́ yit'éego baa nitsídajikeesę́ę́ t'áa-
doo nidazhnił'iní bee hadajiis'dzíí'.

"Haalá yit'éego tó ła' nidadidiidził lá?"
da'ahizhdoo'niid. "Dibáá' nihidoogháář,
díí kǫ́ǫ́ éí tó ádin."

Ła' éí ádaaní, "T'áá ha'át'éego da ádeii-
t'íigo t'éiyá. T'óó hani t'áá'áníit'é díníi'-
nééł. T'óó hani kǫ́ǫ́ nahísíitą́ą dooleeł,
t'áadoo ádeiil'íní. Niha'áłchíní baa nitsí-
deiikeesgo ha'át'éego da bá ádeiit'į́į doo-
leeł."

Hastiin éí ła' tótsohnii dine'é nilį́įgo
Binii' Łeeshch'iih dabijiní. Éí ayóo adił-
gąsh. Hastói t'áá díkwílt'éhígo bił bééda-
hózin. Binii' Łeeshchiih éí diné ła' yił tá-
dí'aash, éí adigąsh yíhooł'aahgo.

Tágíjį́į́ góne' hojoobá'ígo i'íí'ą́. Naakaiił-
báhí t'ahdii hayaagóó dah yinééł, hada'a-
síidgo. Diné éí ła' tó chíídoot'eełígíí baa
yádajiłti. Hastói daats'í ła' ashkii bóóltą́-
go díítł'éé' adadoo'ashgo tó ła' heiidooził
dazhdíiniid, nidi doo adahóót'i'góó hoł
béédahoozin. Siláo tsá'ászi' bee haaz'éí
ályaa yę́ę́ nidei'diiłdláád lá.

Diné naat'áanii nilínígíí t'áá nahonit'ingo Binii' Łeeshch'iih yich'į' ní'áázh áadi náyoozkan na'áłííł bee hasdánihi'éésh yidíiniid.

Na'álííl bee adíłghąshii Diné bee nahiłtseedígíí nihił béédahózin. Naat'áanii ła' Binii' Łeeshch'iih ááłjiní, "Naakaiiłbáhí yiłą́ąjį' sizínígíí síníłhį́įgo daats'í níláhgóó dah náádidoo'néél."

"T'áá shǫǫdí nihíká' anilyeed," ła' naat'áanii ánáádí'ní. "Nił bééhózingo t'áá'áníiltso t'áá kodi dínii'néél Naakaiiłbáhí t'áá kǫ́ǫ tó yinaagóó dah yinéełgo."

Binii' Łeeshch'iih dah'azką́ yidáa'jį' haas'na'go tsé bine'dóó naats'ǫǫdgo ana'í biníbáál yinéł'į́. T'áá yaa nitsékeesgo hodíina'.

"T'áá aaníí," ní Binii' Łeeshch'iih. "Bááhadzidii Diné bee yínísht'óohgo bee naastseed. Nidi Naabeehó t'éiyá bidééłní. Ana'í Naakaiiłbáhí Dine'é éí doo bidééłníi da sha'shin. Doo éí bídínéeshtah da nisin."

"Ha'át'íí biniinaa?" níigo ła' naat'áanii na'ídééłkid. "T'áá shǫǫdí bínítááh. Ádooníiłgo da át'é. Ts'ídá ákót'éego t'éiyá hasdádiikah."

Binii' Łeeshch'iih t'áá íiyisíí yaa nitsézkééz. Níléí ánízahgóó déez'į́į'go t'áá yéego hodíina'. Áádóó ání, "Yéego nihich'į' anáhóót'i'ígíí baa' akonisin. Naakaiiłbáhí siláo bizeikaigo éí tsík'eh dooleeł."

Áádóó áhódiilzee' dóó yaa hasht'e' ni-
tsíníkééz áhodeeshchį́. "Nidi bááhadzidii
bee adzíílt'ohgo Naakaiiłbáhí t'áadoo baa
eelwodgóó t'áá shí shaa anídoołgo shidi-
yoołhééł. Dooda, doo éí bídíbéeshtah da.
Doo éí dadeestsaał nisin da."

"Níléí Ch'iyáán niłchin shooh!" ní ła'
naat'áanii. "Doo ládó' atsį' łikango halchin
da. Doo asohodoobéézhgóó dichin nihi'-
niighą́! Nídeiiltseii, dibáá' nihi'niighą́. Ni
ałdó' dichin ni'niiłhį́į́ dóó dibáá' ni'niiłhį́.
Haa'íyee'! T'áá shǫǫdí níléígi adziłt'óóh.
T'áá'áníiltso t'áá kǫ́ǫ́ dínii'nééł sha'shin,
Naakaiiłbáhí nahgóó háánáago t'éiyá has-
dádiikah."

Binii' Łeeshch'iih biyol ayííłdoi. Lą́ shį́į́
niizį́į́'go.

"Bídínéeshtah," ní. "Ádínínígíí t'áá aa-
níí. Shí ałdó' dichin shi'niiłhį́. Shí ałdó'
t'áadoo hodina'í dibáá' shidiyoołhééł, tó
háálínídi eeshdlą́ą́'go t'éiyábíighah. Ha'á-
t'éego da, Diné bináál sha'alííl bee hodé-
łáago t'áá bááhádzid, áłchíníjígo éí tsík'eh.
Ni níláhgóó Diné bich'į' nididaahgo t'áa-
doo hahwíínół'áhí bidiní. Shisodozon dóó
shiyiin ałdó' t'áadoo dayíists'ą́'í dooleeł.
She'adigash choosh'į́įhgo t'áadoo dashíí-
sínółts'ą́'í dóó t'áadoo dashinół'íní, t'áá'-
ánółtso ánihidishní. K'ad níláhgóó tsxį́į́ł-
go nídílyeed t'áadoo ayóo na'íłch'ízhí."

Naat'áanii anáhi'noolcháá'go, Binii'
Łeeshch'iih dóó bikéé' naagháhéé dah'az-
ká yidáa'jį' haazh'áazhgo áádóó yaago Naa-
kaiiłbáhí yinéł'į.

Binii' Łeeshch'iih tsin bee adilt'ohí yoo-
tįįł díwózhiishzhiin bitsiin áłts'ísígíí dóó
azis t'áadoo le'é bee adigąsh biniiyé naal-
yéhígíí bii' sinilgo yoołtsos.

Áłtsé éí t'áadoo íits'a'í hazhó'í neezké
náhodiisáhígíí yiniiyé hast'e' ádiilyaa, yaa
hasht'e' nitsíníkééz. Naakaiiłbáhí éí níléí
wóyahdi yádaałti' dóó dahataał dóó aní-
daadloh. T'áadoo bida'diił'áhígóó. Atsi'
si't'éhígíí dóó tó yidlánígíí doo bídin hó-
yéé'góó.

Dahataałéé ni' kódayiilaago Naakaiił-
báhí aláájį' sizínée biníbaal si'ánéegóó
nádzá.

"K'ad éí sodidiilzįįł dóó hodiitał. Díí
doo adoodzih da," ní Binii' Łeeshch'iih
t'áá hazhóó'ígo.

Áko Diné nidilt'éego nízaadgóó sodool-
zin dóó t'áadoo ayóo hodiits'a'í hóótáál.
Áádóó Binii' Łeeshch'iih, áhodilwosh na-
halingo Naakaiiłbáhí aláájį' sizínígíí bi-
níbaal si'ánée yich'į'jigo neezdá. T'áadoo
le'é bááhadzidii yee adzííłt'oh. T'áadoo
daats'í yidoosiih da? Naakaiiłbáhí daats'í
t'áá yidiyoołhééł?

Hodiyeelgo Diné da'íísts'ą́ą́'. Ts'iyog
yiits'a' nahalingo bitádazdínóozts'ą́ą́'. Áá-

dóó Naakaiiłbáhí aláąji' sizínígíí biníbaal
si'ánéedóó jidi'níigo aláąji' ła' t'óó bááha-
dzidígi íits'a'go hazhdoo'níí' yiists'áá'. Ko-
dzaago hastóí ałhinéél'íí'.

"K'ad éí nihidine'é bich'į' nídiit'ash ní,"
Binii' Łeeshch'iih. "Sidiits'áá'ígíí bee bił
náhwiilne'go yá'át'ééh sha'shin."

Diné t'áadoo íits'a'í hastóí yiba' naháaz-
tą. Áádóó Binii' Łeeshch'iih dóó yił naa'-
aashéę nidzíiztánée náát'ashgo dazhdiiz-
ts'áá'. Diné t'áá'awołíbee dichin bi'niighá,
áádóó dibáá' bi'niigháągo bitsoo' dááłtseo-
go hodeiidéetą́ą́' daazłį́į́'. Nidi Binii'
Łeeshch'iih áhóót'įįdígíí yee hoł náhool-
ne'go t'áá hoł chodahoo'į nídajisdlį́į́'.
"Sha'áłchíní bidahodeet'ánée nihá ła' yi-
dzaagi át'é. Naat'áanii biníbaal si'ánéedóó
ła' t'óó bááhádzidígi át'éego hazhdoo'níí'
yiists'áą'. Íishją́ą́ shį́į́ yiską́ągo haaho-
doonííł. Díí tł'éé' éí hazhó'í da'iidooł-
hosh," díinid.

Biiskání abínígo Diné hada'asíidgo bił
dáhózhǫǫ Naakaiiłbáhí aláąji' sizinée bi-
ts'íís łį́į́' yíkáá' dah deiistį́į́ dóó ts'é dah'az-
kánée bits'ą́ąjigo dah diiná.

Biiskání (dį'íjį' góne') abínígo Diné siláo
hadeiisíidgo łį́į́' dóó télii baa ałhanináda-
haazhjéé'. Áádóó yik'i dah'nída'as'nil dóó
hééł yénínadayíiztł'in. Áádóó diné nidil-
t'éego aláąji' sizínée biníbaal si'ánée góne'

yah íí'áazhgo dayiiłtsą. Naakaii yéę áádéę'
t'óó ch'iiníłtį. Áádóó łįį' yídayiistł'ǫ́.

Áádóó tádínéhéę t'áá át'é t'áá nínánée-
déę'jigo dah nídii'ná.

Binii' Łeeshch'iih bibee'adigąsh yee
Diné hasdáyíí'eezh.

~~~~~~~~~~~~~~~~~~~~~~~~~~~~~~~~~

*Nóóda'í dóó bilį́į́' tsís'náłtsooí*
*baatįįhyikai.*

# TSÍS'NÁŁTSOOÍ
## (The Yellow Jackets)

Nóóda'í bitsį' yishtł'izhii, Halgai Hó-
teeldóó Naałání ał'ąą dine'é danilį́, éí t'ah
hodíina'dą́ą́' nidaalzheehí danilį́į́ nít'éé'
doo nanise' bináá' ałhanidayiijáahgo da-
bich'iyą' nít'éé'. Dibé Nitsaa hahoodzo
*(Colorado)* dóó Sooléí hahoodzo *(Utah)*
dóó Yootó hahoodzo *(New Mexico)* kéyah
áhidadii'á nahós'a'gi kéédahat'í. T'ah ho-
díina'dą́ą́' tsosts'id ts'áadahdi neeznádiin
yihah yéędą́ą́' Naakaiiłbáhí nínáágo éí yi-
ts'áádóó Nóóda'í łį́į' bee hadazlį́į́'. Łį́į'
tsxį́įłgo gáál bee naat'i' silį́į'go be'iina' łah-
go áyiilaa. Díí binahjį' ayóo łį́į' nideiich'id
dayiichįįh daazlį́į' dóó t'áá níłtéelgo bigáál
nídadit'ih silį́į', áłtsé éí doo át'ée da nít'éé'.

- 106 -

Na'azheeh dóó na'abaahgo iiná t'éiyá agh">aago dayiichį́į̨h nít'éé'. Tsídá áłtsé éí náhookǫs dóó ha'a'aahjí, Halgai hóteel nahós'a'jí bitsį' yishtłizhii kéédahat'ínígíí yitah nídaabah nít'éé'. Éí Naałání *Comanches* dóó *Cheyennes* dóó *Arapahoes* ádaat'éhígíí. Bee'aldííl dahsinil nahós'a'jí tooh nílį́ bibą̨ąhgóó Naakaiiłbáhí dóó bitsį' yishtłizhii ałtah áát'eełii kéédahat'ínígíí yitah nídaabahgo yinahjį' bilį́į' dóó naaldlooshii ałtah áát'eełii deiist:į́įd.

Áádóó nááś hodeeshzhiizhgo Tooh *(San Juan River)* tsé'naa niikai dóó níléí Dził Yíjiin dóó náhookǫs nahós'a'jí nikidiiná. Díí éí Diné bikéyah nidi doo lą'í Diné kéédahat'į́į da nít'éé' íídą́ą' Dzígaigóó Diné kéédahat'į́įgo ákǫ́ǫ́ bidáda'ak'eh nít'éé'. Áádóó dibé dóó tł'ízi nideiiniłkaad nít'éé', łį́į' ałdó'. Daago éí k'éída'didlééh, áádóó Dził Yíjiin bigháá'góó éí kínída'nííłka', dibé da'ałchozh biniiyé áadi naaldlooshii ch'il doo bá bídin hóyée' da. Aak'ee haleehgo éí nát'ą́ą' dzígaijį' adǎáda'niiłkaad nít'éé', neest'ą́ ałha'ánídayiiłį́įh, éí bikiin nídabeehah. Díigi át'éego éí kééhat'į́įgo hoolzhiizh, áádóó doo beiinít'ínígóó lą'í nááhai.

Łah dą̨ągo, díkwííshį́į́ Diné Tséch'ízhí dóó Chiiłchinbii'tó bita'gi kéédahat'ínígíí, áłtsé'óózígo tsékoohígíí éí níléí Dził Yíjiin bigháá'góó ha'atiin, Dził Yíjiin bi-

ghą́ą́'di naaldlooshii da'doołchosh daa-
níigo yinidahaz'ą́. La'í nááhaijį' naaldloo-
shii nizhónígo ha'atiingo ádayiilaa.

Íídą́ą́' dikííshį́į́ Diné nida'niłkaadii ch'il
yaa nidanitá biniiyé Dził Yíjiin bighą́ą́'
haaskai nít'éé' aadi, łį́į́' t'óó ahayói nabi-
tiin. Dził bighą́ą́' gódei kí'iitiiní gódei kí-
jiikai, nít'éé' áadi łį́į́' adabiizkée'go hoł
béédahoozin. Níléí bighą́ą́'di ła'ałyóígóó
łį́į́' nidabizkée'. Ts'ídá t'ahdoo ákónéeh
da nít'éé'. Díí daats'í t'áá Dinégo ádaat'į́,
éí doodago ana'í daats'í ádaat'į́? Ana'í daa-
ts'í t'áá nahonit'ingo hadabisííd?

Hastói áłah silį́į́' dóó yaa nídaast'įįd.
Díkwííjį́ da, naaki éí doodago t'áá da diné
hada'asííd dooleeł áko índa dibé dóó łį́į́'
dził yąąh kíidookah dadíiniid.

Hastói nidilt'éego t'áá áadi ha'asííd bi-
niiyé sikéego ályaa, háí ana'í shį́į́ éí béé-
hodoozįįł biniiyé tsékooh góyaa atiinídi
t'áá nahonit'ingi yik'ídaneeztą́ą́', áádóó
ałdó' t'áá ałtsojigo ayóo hoot'į́. La' éí t'áá
át'é hooghangóó anáákai. Naaldlooshii
bighą́ą́' hadínóolkałjį' anááhoolzhiizh,
éí Diné yąąh dabíni'.

Hastói ałnááhoot'ashgo níléí ałts'ą́ąjigo
ahoyeet'į́įdóó ha'asííd. Yiską́ą́ dóó ałní'-
ní'ą́ t'áadoo hooyání ha'asídí ła' háaghal.
Łį́į́'ísh bikee' sidéts'ą́ą́' jiniizį́į́'go tsxį́įłgo
tsédáa'jį' hadjiswod. Níléí ánízahgóó ajíi-
ghal. Nít'éé' ła' łeezh hakéé' oojołgo łį́į́'
hoł yildlosh.

Díkwííshį́į́ yiską́ągo índa tséyi' góne'
i'noolkaad. Dibé t'áá hazhóó'ígo da'íł-
chóoshgo níléí tséyi' góne' yíkai áádóó
níléí bighą́ą'jį' haaskai. Łį́į' éí t'áá íídą́ą́'
dziłghą́ą' haneeskaad. Tséyi' góne' da'íł-
chóozh dooleełígíí doo bá bíighah da,
ayóo dahodeeshzha.

Yá'áhoot'éehgo haz'ą́ągo hastą́ą́' daats'í
éí doodago tsosts'id daats'í yiską́. Naal-
dlooshii da ch'il yídaneesdin. Diné ana'í
nihaatįįh daobááh lágo danízinée táábí-
yó yaa dayooznah. Nidi łį́į' t'áá nííłdįįh
hasht'edajósin, ana'í haatįįh dadoobah-
ígíí biba' hasht'e' ádazhdólzin.

Áádóó t'ah nít'éé', łah hanaa'oot'ą́ągo
ha'alzídę́ę́dę́ę́' ha'asidí ła' aadę́ę́' ła' dził
bą́ąhdę́ę́' łii hoł' yijah níigo hoł hoolne'.
Haniitehee, Diné níléí tséyi' ha'atiinée
góyaa łį́į' adáádeiineeskaad. T'áadoo nida-
deesná'í. Nihinaaldlooshii hasdádookah
danízingo.

Nóóda'í lą'í da ádaat'į́í lá, díí ts'ídá índa
kót'éego Diné yitah daazbaa'. Nóóda'í
ts'ídá Diné yilááh ánéelą́ą́' dóó t'áadoo
níhí deiíbááh lá, t'áá íiyisíí yiniiyé hasht'e'
ádadiilyaa lá. Diné t'óó yił dahólą́' doo
nanitł'agóó éí Diné naaldlooshii yits'ą́ą́'
dah deiidínóołkał. Nidi Diné tséyi' góne'
hasdádoogáłígi bił béédahózin. Tséyi'
góne' nidahazt'i'ígíí t'áá át'é bił béédahó-
zin. Tséyi' nínádazhdit'į́íhgóó, nídi doo-

t'íłígi ádaat'ehígíí, tsé'áán dóó bikooh da-
hats'ózígóó t'áá át'é bił béédahózin.

Nóóda'í hakéé' łį́į́' bił dahdiijéé' t'áá
awołíbee dadilwoshgo. Tséyi' góne' hakéé'
łį́į́' bił dahdiijéé'. K'adę́ę Diné łį́į́' yił bé-
jeehgo Nóóda'í bilį́į́' tsís'náłtsooí bit'oh
ayóí áníłtso léi' yiihyíjéé'. Ch'osh ádaał-
ts'ísí yę́ę bádahóóchį̨įdgo Nóóda'í dóó bi-
lį́į́' yę́ę yich'į' dahdiijéé'. Nóóda'í dóó tsís'-
náłtsooí t'éiyá da'ahoogą́ą́', Diné éí bilį́į́'
níléí tsékooh góyaa adadeiineeskaad, dibé
naakai yę́ę góyaa.

Díkwííshį́į́ Diné dabíínáál áádóó na-
t'ą́ą́' nákaigo tsís'náłtsooí yíká'ííjéé'. Baa
dahojilne'go éí Diné k'aa' yee Nóóda'í
náhást'éí nideiistseed áádóó łahjį' éí t'ą́ą́'
łį́į́' bił háájéé' dóó anídahineezhchą́ą́'.

Diné tsís'náłtsooí biká'ííjée'go biniinaa
t'áá íiyisíí yaa ahééh daniizį́į́'go binahjį'
tsékooh hats'ozí. Dził Yíjiin bich'į'jígo
Tséch'ízhí dóó e'e'aahjígo hastą́ą́ tsin sitą́
éí Tsís'náłtsooí hoosye'.

# DINÉ HATAAŁII BIYE' NÉIDIISÁ

*(A Navaho Medicine Man Cures His Son)*

John azee' áłʼį̨į́di t'áá Diné asdzání azee' neiikáhí bilóód bá' yą̨ah é'éléhę́ę́ íiłní, "Shizhé'é kǫ́ǫ́ naagháago shį́į́ éí k'ad náá- shidiisáá nít'éé'."

Azee' íiłʼíní dóó azee' nideiikáhí John Kinsel ayóo yichʼį' bá ádahwiinítʼį. Bił béédahózingo éí hataałii biye' nilį́ éí bi- niinaa John t'áá sahdii sidáago ádayiilaa. Łahjí ashiiké naháaztánée góne' sidáago daats'í t'áá bił hats'íid dooleeł nít'éé'.

Diné bikéyah bikáa'gi azee' íiłʼíní da- nilínígíí, Tséhootsooí tsíkeh, hataałii yił nidaalnishgo ayóo yił ałhídadínéelná. Hataałii t'áá ídahooł'aahgo ts'ídá lą'í náá- hai dóó bidine'é yik'i nidahałáago naada- hidiikáhígíí yaa ákodanízin. Diné bikéyah bikáa'gi t'ahdoo azee' ál'į́ dahaleehdą́ą́' hataałii bidine'é yíká'anídaalwo'go yaa haakai. Azee' íiłʼíní Diné hataałii bił nilį́į- go yaa nitsékeesígíí yaa ákonízin. T'áá' aaníí hataałii ła' doo yá'ádaat'éeh da k'ad t'áá azee' íiłʼíní ádaat'éhígi át'éego.

Ats'íís baa áháyą́ą́dę́ę́' azee' ííł'íní t'óó ahayói hataałii ats'íís naagháagi ayóo bił éédahózinígíí yaa ákonizin, hataałii yééhósinígíí t'óó ahayói azee' ííł'íní doo bił bééhózin da dóó t'ahdoo yaa dahodiits'į́įh da.

Azee' neiikáhí ání, "John, doo nilóódgóó shį́į́ doo kǫ́ǫ́ sínítį́į da dooleeł nít'éé', nimá dóó nizhé'é dóó nilééchąą'í na'niłkaadii shį́į́ bídin sínílį́į́', adínéeshkał shį́į́ ałdó' nínízin biniinaa éí doo nił hats'íid da dishní. Haalá yit'éego nilóód doo nádziih da lá? K'ad yee' ałtso náádzíí' dooleeł ni'. Hádą́ą́' lá azee ál'į́į́ góne' yah ííníyá? Haanízahjį' éí azee' ał'į́į́ góne' sínídá?"

"Ayę́ę́zhii náhádlááh táá' yiską́ hadziih yę́ę́dą́ą́' níyá. Hooghangóó nikiníyáá nít'éé'," ní John.

"Nighan bídin sínílį́į́' lá. Naa' ákonisingo éí tsásk'eh t'óó bikáá' dah sínídáago t'óó tł'óó'góó díní'į́į́'. Doo nił hóóts'íid da lá."

"Chikę́ę́h Tsii'łitsooí (Miss Yellowhair) ha'át'íísh biniinaa shizhé'é doo yigháah da? Hooghangóó shił nídoot'ash yę́ę. Naaki éí doodago táá' yiską́ągo daats'í shitah yá'áhoot'éehgo ánáshidoodlį́į́ł. Shił bééhózingo éí ákódoonííł," níigo John na'ooką́ąh.

T'áá háida azee' neiikáhí da éí doodago azee' ííł'íní da John bizhé'é hainitáa dooleełígíí doo bá bíighah da, binaanish t'óó ádahayóí. John bighanídóó t'áá áyídígi diné kéédahat'ínígíí hooghanidi nináhaaskaigo John azee'ál'įįdi sidáhígíí binaaí yee yił dahoolne'.

T'áá éí bijį́ John bimá dóó bizhé'é azee' ál'įįdi ní'áázh, John bik'i nahodoogaał biniiyé hooghangóó bił néiikah dooleeł, díiniid. Azee' ííł'íní ííłní, "T'áá nihí azee' nihe'awéé' néidoołdzihígíí niheehóló.

T'áá aaníí John azee' ál'įįdi sidáago naaki dimíigo bee azlį́į́' t'áadoo yá'át'ééh yileehí. Bilóód t'ahdii t'áá yit'é. Bitah nahonigaahę́ę́ ałdó' t'óó tsé'édin ádzaa. Azee' bąąh ál'ínígíí díkwíidi shį́į́ t'áá ał'ąą át'éhígíí bąąh ályaa. T'ahdoo kót'éego łóód doo bi'dééłníígóó yąąh áda'aléeh da nít'éé'. Ashkii t'áá íiyisíí bitah honeezgai. Hataałii daats'í bich'į' azee'ígíí bił bééhózin.

Azee' ííł'íní ashkii át'éhígíí hataałii yił ch'íiní'ą́. Łahgo kót'é díiniid, doo daats'í bohónéedzą́ą́ da nidi. Áádóó t'áá díkwííjíníjį' John azee'áł'į́įdóó yéé'niłnii'. John t'áadoo ólta'góó nikeegháhí aadę́ę́' nídoodáałgo náábidí'nóoł'įįł díinid azee' ííł'íní.

Diné binahagha' éí ła' t'áá naakijínígo nídeiit'aah, ła' éí náhást'éíjį́jį' nídeiit'aah. John bizhé'é éí hataałii nilį́, t'áá naakijínígo éí biye' yik'i nahodoołaał.

John hooghandi nádzáago t'áadoo hodina'í bitah yá'áhoot'ééh silį́į́'. Nizhóní-

go baa áháyą́, bik'éí ayóí ádabó'nínígíí ał-
dó' baa heeskai, t'áadoo hodina'í yá'át'ééh
nídíídleeł, dabiłní. Bik'éí éí hatáál ałkéé'
honí'ą́ago bá yaa nídaast'įįd.

T'áá'aaníí hooghandi níjídzáago yaateeł
t'éiyá bikáá' jinitééh, azee' áł'įįdi éí tsás-
k'eh chin bąąh ádingo tsásk'eh bik'ínál-
tihí łigaiígíí bik'ésti'go bii'jinitééh nít'éé'.
T'áá ałtsoní chin bąąh ádingo. Níłch'i bił
ajiidziihi éí azee' halchin. Ch'iyáán yá'á-
t'éehii shį́į́ t'éiyá jiyą́ą́ nít'éé', nidi doo
olta'jí ch'iyáán bízhneesdinígi áhálniih
da. Olta'di ts'ídá ch'iyáán bízheesdingo
azee' áł'į́įgo dah jidiiyá, áadi éí ch'iyáán
łahgo át'éé dóó łahgo ánááhálniih.

Hatáál éí diyin dine'é nihá nideiizlá
bidi'níigo John nabidi'neestą́ą́'. Diyin di-
ne'é hoł nilį́įgo t'ááła' bił jilį́į́ dooleełgo
éí tahoniigááh doo t'áadoo le'é doo yá'á-
t'éehii hąąh ádingo t'éiyá ákódoonííł.

Diné hatáál bá dadiyinígíí éí John yaa
ákonízin, áádóó shí ałdó' shá didooyį́įł
nízin. Shizhé'é shik'i nahasáago náádi-
deeshdááł nízin. Díí bił bééhózin háálá
Diyin Dine'é áłtsé kót'éego áda'iilaa t'óó
hodeeyáádą́ą́'. Diyin Dine'é bikélchí yiih-
yí'eez bił nahalin, tádídíín k'eh atíingóó
éí yił yikah dóó jóhonaa'éí bidziil éí yił
ahedziih nahalin.

Azee' ííł'íní dóó azee' neiikáhí azee' áł'į́-
di ayóo bich'į' bá ádahwiinít'į́į́ nít'éé'.

T'áá ałtsoní doo bídin hóyéé'góó éí áadi jizdáá nít'éé', Áadi éí t'áá hoł yá'áhoot'ééh nít'éé'. Nidi bidine'é yitahdi sidáago éí t'áá íiyisíí bił hózhǫ́ǫ́ dóó bił yá'áhoot'ééh.

Hazhé'é éí azee' halóód baah ádoolníł-ígíí bił bééhózin. Áádóó díkwííshį́į́ yiskáago John náádiidzáá dóó bił hózhǫ́.

Hataałii biyé azee' ál'į́į́góó yił nát'áázh t'áá yee nihoní'ánéegi át'éego. Azee' ííł'íní ashkii yázhí doo át'éhégóó nádzáago t'óó yik'ee tsídoolyiz, hááhgóshį́į́ ashkii yázhí náádiidzáhígíí yaa bił hózhǫ́.

Azee' ííł'íní ániizį́į́', "Hataałii t'áadoo le'é bił bééhózinígíí nihí azee' ííł'íní niidlíinii doo nihił bééhózin da. Shił béé-doozį́įł yéeni'. Nááś yidiiskáádóó shį́į́ ahił nideiilnishgo, nihí ałdó' nihił bééhodoo-zį́įł."

Azee' ííł'íní ashkii yázhí náádiidzáá doo bił hózhǫ́ǫgo bí ałdó' yaa bił hózhǫ́.

*Hooghan nímází* or *hooghan bi'áadii* (female hogan).

## HOOGHAN DÓÓ DA'IIDLISH
*(The Hogan and Its Blessing)*

Ni' bitł'ááhdę́ę́' Áłtsé Diné haaskai, Dibé Nitsaa *(La Plata Mountain)* nahós'a'jí, yii' dabighan dooleełígíí yaa yádááłti'. Níłch'i dine'é doo yit'íiníí bich'į' haadzíi'go naaki hooghan sinilígí yee bił hoolne'.

Áłtsé dine'é áłtsé ábi'doo'niid hooghan áłtsé da'ashdlishgo índa bii' hooghan dooleeł. Haashch'ééłti'í *(Talking God)* éí naakigo hooghan da'azhdlish. Haashch'ééshzhiní *(Black God)*, Áłtsé Hastiin, Áłtsé Asdzáán dóó ła' éí t'óó hada'íísid.

### Ałch'į' Adeez'á
*(The Male Hogan)*

Ła' hooghan biką'ii át'é, ła' éí hooghan bi'áadii át'é. Ałch'į' adeez'á éí hooghan biką'ii át'é áádóó hooghan nimází éí hooghan bi'áadii.

Hooghan deiidlishgo éí dį́į́' sin bá nidit'ááh, nidi łahda naakits'áadah łeh. Sodizin naakigo bóółtą', hastą́ą́go ałdó' łahda éí t'áá áł'į́. Ałch'į' adeez'áhí éí t'áá dį́įdę́ę́' naadą́'áłgai bee bik'i da'alchiih. Hataałii ha'a'aahdę́ę́'go áłtsé yik'e'ełchííh, áádóó

shádi'ááhdę́ę', áádóó e'e'aahdę́ę', akée'di
éí náhookǫsdę́ę'go.

Hooghan nimází yiidlishgo éí naadą́'-
áłtsoi tsin íiyisíí ánaaz'áhígíí bee bik'ida'-
alchiih. Áłtsé éí ha'a'aahdę́ę' bik'e'elchííh,
áádóó e'e'aahdę́ę', shádi'ááhdę́ę', náhoo-
kǫsdę́ę'.

Hooghan nimází yiidlishgo éí naadą́'-
áłtso tsin íiyisíí ánaaz'áhígíí bee bik'ida'-
alchi'.

Tł'óó'dę́ę' hooghan bikáa'di łeezhígíí,
biyi'dę́ę' níléí wóniidi, dóó ałníi'gi, akée'-
di éí tsé ch'é'étiingi náhookǫsjígo si'án-
ígíí.

T'áá'ałtso hooghan deiidlishgo índa bii'
dahaghan. Hooghan t'óó ałtso áł'įįhígo
yiidlishgo éí bidziil, ayóó' ánóolnin dóó
yá'át'ééh. Hooghan yishdlishígíí bii' hoo-
ghango ałdó' doo hohodéélníi da. Áádóó
binahjį' hoł hozhǫǫgo natah yá'áhoot'ééh,
hózhǫǫgo nijigháá dóó naalyéhé da'ílíinii
hoosání dóó neiinijį' náás oochííł.

Hooghan deiidlishgo éí hodiyingo si'ą́ą
łeh, áádóó binahjį' diyin dine'é t'áadoo
yisti'í nídaakah łeh. Hooghan t'áadoo bi-
yi' hatáál niit'aahí áłtsé bii' nááda'iidlish.
Áko hooghan nizhónígo bii' haz'ą́ągo di-
yin bił yádajiłti' łeh. Kót'éego éí yá'át'éeh-
go bii' nahaghá, hatáál t'áadoo niitł'ahí
nahaghaah, t'áadoo le'é doo yá'át'éehii
ałdó' níwohjį' hwííł'į́.

Hooghan nímazí éí hooghan yá'át'éehii
át'é. Haigo éí bii' hoozdo łeh dóó shįįgo éí
bii' honeezk'ází łeh. Doo bii' hótsaa da
nidi t'áá haz'ą́ą́ nít'éé' chǫǫ'įį łeh. Nidi
Diné bighan éí doo t'óó bii' awosh dóó doo
t'óó bii' adą́ą da. T'áá'aaníí éí hooghan
át'éé dóó bii' hodiyin. Díí éí "hináago"
baná'áłtso' dóó yéego baa' áháyą́ą́go éí bi-
dziił dóó yá'át'ééh.

*Díkwííshį́į́ Diné táchééh ádayiilaa dóó tsé
deiiniiłdóóh, táchééh góne' nidoo'nił
biniiyé.*

# DINÉ BITÁCHÉÉH
## (The Navaho Sweathouse)

Diné bitáchééh ts'ídá agháadi át'éego
baa nitsáhakees. Ts'ídá ałtsé táchééh ál-
yaaígíí éí Diné ni' bitł'ááhdę́ę́' haaskai yę́ę-
dą́ą́' Dibé Nitsaa *(La Plata Mountain)* na-
hos'a'jí.

Áłtsé Hastiin áyiilaa, Áłtsé Asdzáán, Áł-
tsé Ashkii dóó Áłtsé At'ééd yił ádayiilaa.
T'áá ałhą́ą́h chidayooł'į́į́ nít'éé'. Éí náás
hodeeshzhiizh dóó Diné haashį́į́ néelą́ą̨'jį'
táchééh chidayoos'į̨įd.

Táchééh doo nanitł'agóó ál'į́. T'áá ła'a-
jínígo éí doodago t'áá bich'į'ii ál'į́. T'áá
éí bijį́ ál'į̨įhgo áádóó chǫǫ'į́. Táchééh éí
hooghan biką'ii át'é ałch'į' deez'áhígíí bi-
niinaa. T'áá ła' hooghanígi át'éego éí ha'a-
aahjigo ch'é'étiin. Ts'ídá ałtsé táchééh ál-
yaa yę́ę éí k'asdą́ą́' t'áá hooghanígi áníłtso-
go niit'ą́. Áádóó hóshdę́ę́' hódeeshzhiizh-
go éí ałts'ísí silį́į́'.

Táchééh ábi'niil'į̨įhgo tsin danitsaaz
dóó ádaałts'ísígíí ałha'ál'į̨įh, azhííh dóó
ts'ah dóó tsé dóó chizh ałdó'. Chizh dóó

tsé éí ałk'i dahyi'nił, áádóó ko' diiltłi'go tsé yiniiłdoh.

Ałts'íísígo éí hahago' ts'ídá daats'í ashdladi adées'eez áníłtéelgo dóó t'áá łá'í adées'eez íídéetą́ą́'go hahago'. Tsin danitsaazígíí éí hahoogéédę́ę́ tł'óó'jígo adaatsih áádóó ałnii'jį' ałhidadiitsih. Azhį́į́h dóó ts'ah éí tsinée bitát'ahgóó nidaaljoł. Áádóó índa łeezh t'áá át'éé nít'éé' bee bééhwíi'nił, ch'é'étiingi éí nidaga'. Áádóó ashį́į́h ałk'i nihe'niłgo táchééh góne' ni'góó niiljah.

Táchééh ałtso hadil'į̇į̇hgo tsé ałdó' daniichih. Áádóó táchééh góne' tséhígíí náhookǫs dóó ha'a'aahjígo nii'nił. Beiildléí díkwíí da, ałk'i sinilgo dáádílbał éí wóne'é honeezdogo áyósin. Áádóó áadi táchééh ałtso hadit'į̇į̇h dóó chǫǫ'į̇į̇h.

Hastóí dóó sáaníí éí doo t'áá ałhii'jį' táchééh nájah da. Hastóí éí ałtso bi'éé' hadeiidii'nił áko índa táchééh yijah. Sáanii chidayooł'į̇į̇hgo éí bi'éé' hadeiidii'nił nidi bitł'aakał t'éiyá t'áá dahólǫ́ǫ́ łeh.

T'áadoo táchééh góne' yah ajijeehé táchééh yijeehę́ę̇ hadadilwosh, "Wóshdę́ę́' táchééh wohjeeh!" ("Come, take a sweatbath!"). Diné ła' binaagóó kéédahat'ínígíí bił yah iijah, dadilwoshgo éí diyin dine'é ałdó' woshdę́ę́' yah oohjeeh deiiłní. Diné t'áá sáhí yah ííjéé' nahalin, nidi ádajiníigo diyin dine'é bił dahólǫ́ǫ́ dóó diyin dine'é éí yił sodadilzin dóó yił da'dée'aah táchééh góne'.

Táchééh nájahí hóniitsį́į́jígo haháaztą́ą́ łeh. Da'dée'aah łeh, áádóó ałk'idą́ą́' sodizinée háádayiiłt'éeh, éí táchééhjí nahaghá bídadéét'i'.

Táchééh nájahí, táchééhdę́ę́' ch'ínájahgo biih nídahaach'íihgo, bikáá'góó séí yídeiijihgo tó bąąh dahazlį́'ę́ę yee nídeiiłtsih.

Táchééh nájahí éí naadiin dóó dízdiin dah'alzhinjį' táchéé góne' naháaztą́ą łeh, áádóó ch'ínájah. Nída'adiniilk'asgo áádóó yah anínáánájah t'áá akónáánízahjį'. Díí t'áá díkwíidi shį́į́ ánídayiil'į̱į̱h, dį́į̱di éí íiyisíí łeh, áadi índa ałtso nidahałaah.

Séí éí doodago łeezh dibahígíí bikáá'góó yídeiijihgo tó bąąhę́ę nídeiiłtsih. Táchééh ałtsogo, táchééh nájahę́ę tó nílį́į̱go éí doodago tó siyį́į̱go da, éí ádingo éí ásaa' tó táchééhgóó yee deiikáhę́ę yee tá'ádadigis. Áádóó índa háádadiit'į̱į̱h dóó táchééh yits'ánáhakah, naasdí índa chináádayooł'į̱į̱h. Tsé éí t'áá táchééh góne' sinil łeh, táchééh náá'áldéehgo índa ch'ínájih, táchééh náá'áldéehgo índa ch'ínájih doo náádaniildoh. Díí éí t'áá ákónáálníiłgo nahaltǫǫhgo índa nahgóó ninájih.

Táchééh éí táá' ałkéé' haz'ą́ągo biniiyé. Hats'íís dóó hání' t'áadoo le'é doo yá'á-

t'éehii bits'ąąjį' kójílééh dóó chánah na'-
adáá dóó k'é hasin.

Hats'íís dóó háni' t'áadoo le'é nahgóó
bąąh kójíléehgo éí t'áadoo le'é nichxǫǫ'-
ígíí nahjį' ádąąh kójílnéehgo óolyé. Díí
doo yá'át'éehii adiłgashii be'ánítį́į́h, k'aa',
iłhodiniih, éí doodago ts'ííhniidóóh, doo
yá'át'éehii abid yineesgaiígíí.

Tó hąąh náhádleehgo éí doo yá'át'éhę́ę
hats'íís yąąh nahgóó hwííł'į. Ch'il iiłkóóh
éí táchééh góne' chǫǫ'í, éí t'áadoo le'é doo
yá'át'éehii habid bii' halónée nahgóó
hwííł'į.

Hatáalgo, níléí bijį́įgo, hastóí táchééh
yijah. Díigi át'éego tł'éé' bíighah hoogaał
dooleełígíí yiniiyé hasht'e' ádadiil'iih.
Ákódaat'į́į́hgo éí bits'íís doo bíni' t'áadoo
le'é doo yá'át'éehii nahgóó yąąh kó dayii-
ł'į́į́h, dóó bitah yá'ádahoot'éeh łeh háálá
diyin dine'é éí hooghan bii' hoogaałí góne'
yił dahólǫ́.

Táchééh éí hadaałt'é áni'doodłį́į́ł dóó
hatah yá'áhoot'ééh anéidoodlííł.

Diné ch'ééh digháahgo táchééh yi-
gháahgo háábídlóós dóó bitah yá'áhoo-
t'ééh ánábiił'į́į́h. Biinéí dóó bidziilgo, dóó
ch'ééh deiiyáhę́ę bąąh nahgóó kónáyii-
ł'į́į́h. Táchééh éí ałdó' bits'íís t'áadoo le'é
doo yá'át'éehii nahgóó yąąh kóyiił'į́į́h.
Áhodoo'niidgo éí diné bits'iis halchinée

yąąh tánéígis áadi índa diyin dine'é yił yah iighááh dóó yich'į' haadzih.

Táchééh ałdó' nizhónígo diné yaa ał-hínéikah dóó bidziilgo k'é dóó ayóó' á'óó'ní ííł'į. Kák'éí dóó hach'óoní hooghandi haahakahgo, baa iisdéé'ęę éí baa hakajęę yił táchééh yijah. Díigi át'éego éí k'e bééhózin. Hak'éí dóó hanaagóó kéédahat'ínígíí bééhóziní ánáyiil'įįh.